ベリーズ文庫

ベリーズ文庫溺甘アンソロジー1

結婚前夜

STARTS
スターツ出版株式会社

目次

ベリーズ文庫溺甘アンソロジー1
結婚前夜

婚約恋愛

～次期社長の婚前サプライズ～

若菜モモ

The eve marriage

Anthology

「おはよう！　花菜《かな》」

大手化粧品会社である『パルフェ・ミューズ・ジャパン』の広報室に勤める同僚・村田知世《むらたともよ》が暖かそうな、くすみピンクのマフラーを外しながら、フロアにやってくる。

なんだかウキウキしているような、超ご機嫌な顔の知世に、わたしは首を傾《かし》げる。

「おはよう。ねえ？　どうしてそんなに楽しそうなの？」

そう聞いてみると、彼女は破顔しながらわたしの横で立ち止まる。

「ちょっと、ちょっとー。今日はなんの日よ？」

ベージュのコートを脱いだ知世はAラインの深いブルーのワンピースを着て、いつになくおしゃれをしている。

「今日は、クリスマスイブだけど……？」

おととい退勤するとき、知世は『クリスマスなんて来ないといいのにー！』って、とても不機嫌そうだった。

それがどうだろう？　この上機嫌な表情は。

「さすが結婚を控えている花菜は余裕よね～。そのワンピースもかわいい」

知世はにっこりと、ピンク系のツイードのワンピースを褒めてくれる。

わたし、檜垣《ひがき》花菜は、幼なじみである高宮京平《たかみやきょうへい》との恋を実らせ、来年一月十日に挙式をする予定。

京平は同じ学年だけど、半年早く生まれているので、もう二十七歳。そしてわが社の経営者を父に持つ御曹司で、現在は専務取締役として忙しい毎日を送っている。

「それで、知世はおしゃれして、素敵なレストランで誰かと食事でもするの？」

知世のクリスマスディナーの相手が、早く知りたくて聞いていた。

「そうなの～、実はね？　岩下《いわした》さんに誘われたの！」

知世の口から出てきた名前に、わたしはびっくりして目を見開く。

「岩下さんって、京平の秘書の……？」

三十代後半のメガネをかけた真面目そのものの秘書である岩下さんは、なかなかのイケメンで独身。知世の相手としては最高だと思う。でも、どうしてクリスマスイブにディナーをすることに……？

理由を聞こうと思ったとき、広報室のスタッフが入室してきて、知世とはランチタイムに話すことにした。

彼女のことも気になるけど、それ以上に自分のクリスマスイブが楽しみだった。

京平と過ごす初めての記念日だ。

家が隣同士で両家が仲良かったこともあって、小さい頃はホームパーティーをしたこともある。

でも、それは遠い昔の話。

一度もクリスマスイブを京平とふたりきりで過ごしたことのないわたしは、今日という日を夢見ていた。

顔がどうしてもにやけちゃう……。

『俺に任せて』と言われているから、さらに楽しみだった。


年の瀬ということもあり、どこの部署も、そして広報室もかなり忙しい。

専務取締役である京平はブランドプロモーション部の責任者も兼任しているから、わたしより多忙。

季節は冬だけど、すでに来夏の商品の広報準備に入っており、わたしは今回サンオイルを担当している。だけど、まだモデルが誰なのか聞かされていない。年明け早々、上から報告されることになっていた。

でも、できることならば、早く知りたい。

撮影は真夏の設定で水着なので、海外ロケの予定をしている。現在、ブランドプロモーション部が候補地を探している最中だった。


あっという間にランチタイムになって、わたしと知世は広報室を出た。

エレベーターを待っていると、上の階から下りてきた。止まってドアが開いた途端、わたしの口から思わず「あっ！」と声が漏れる。

目の前に、百八十センチを超える長身でスラリとした体躯《たいく》の京平と、彼より十センチほど低い岩下さんがいた。さらに、他の部署の男性社員もふたり乗っている。

「おつかれ」

今まで岩下さんと話をしていたのだろう。わたしの声に気づいた京平が、こちらに顔を向けて、口元を緩ませる。

京平は精悍《せいかん》な顔つきのイケメンで、サラッとした黒髪は襟足が肩につくかつかないかくらいの長さだ。

隣の岩下さんも静かに頭を下げた。

「おつかれさまです」

まさかこの時間に会えるとは思っていなかったから、嬉しくて笑顔で挨拶する。

知世は目を泳がせ、「お、おつかれさまですっ」と、ようやく口にした。

エレベーターに乗り込み、パネルの近くの角に立ったわたしは、知世と岩下さんへ視線を向ける。

知世は俯き加減で恥ずかしそう。岩下さんは階下へ動くインジケーターを、ポーカーフェイスで見ている。

「メシ行くんだろ。一緒に行かないか？」

京平とも食事に行きたいけど、知世の話も聞きたい。

すぐに返事ができないでいると、彼に覗き込まれる。

「どうした？」

「え？　ううん。なんでもない！　知世、たまにはいいよね。行こうか」

京平ではなく、知世の腕に腕を絡めてにっこり笑った。

忙しい京平とランチに出かけることはめったにない。

ほどなくして、わたしたちを乗せたエレベーターは一階ロビーに到着した。

京平は、知世と岩下さんのこと、知らないよね？

岩下さんと並んで、出口に向かう京平の後ろ姿を見ながら考える。

そのとき、京平が振り返った。

「どこへ行く？　イタリ――」

「いいえ！　和食が！」

〝イタリアン〟と言おうとした京平の言葉を慌てて遮ったのは、岩下さんだ。

ふ～ん。今夜の知世とのディナーはイタリアンなのね。

わかりやすい岩下さんをかわいいと思ってしまった。

「そっか？　じゃあ、いつもの蕎麦《そば》屋へ行くか？　寒いから温かいものもいいよな？」

京平はよく行くオフィス近くのお店を提案し、わたしたちは向かった。

知世は借りてきたネコのようだった。静かすぎて……岩下さんがいるから緊張しているみたいだ。

知世とふたりきりじゃないから、いろいろ聞けなくなっちゃった。でも、岩下さんと知世の表情を見ているだけでも楽しい。初デートに緊張して、なにも話せない中学生のカップルみたいだ。

お蕎麦屋さんへ入ったわたしたちは四人掛けの席について、鍋焼きうどんを頼んだ。

男性ふたりは、それだけでは足りないので、あさりのかやくご飯も追加している。

わたしは、熱々で、太めのうどんに味が染みた鍋焼きうどんが好きだった。特に、おつゆで衣がトロッとした海老天と、伊達《だて》巻が大好物だ。伊達巻はそのまま食べるのと違って、鍋の中で煮込むと口の中でふんわりなくなり、とても美味しい。

「花菜、十八時になったら、すぐに出るからな。帰る支度しておいて」

「十八時に出るって、早くない？　レストランが遠いの？」

「それは内緒。俺に任せたんだろ？」

そう言って、京平は余裕の笑みを浮かべる。

京平に初めてのクリスマスイブを任せるって言ったのはわたしだけど、どんなレストランなのか、何料理なのか、気になっている。

あ、さっき京平はイタリアンへ行こうかって言おうとしたから……はいっ！　今夜はイタリアンじゃないよね！

「お前、なに、ニヤニヤしてんの？　なにか愉快なことでもあるのか？」

「えっ？　ニ、ニヤニヤなんてしてませんっ」

わたしの対面は京平、彼の隣が岩下さん。岩下さんの前に座るのが知世だ。

目の前なのに、ふたりはなにも話していない。

そんなことで、今夜のイブを楽しめるのかな……？

なんとかふたりも交えて、話を盛り上げたいと思ったとき、鍋焼きうどんが運ばれてきた。

口の中を火傷《やけど》しそうになりながら食べ終わると、身体が温まり、ツイードのワンピースが暑く感じられた。

「まだ時間があるな。お茶行くか？」

「あ、ごめん。わたしたちは買い物があるから」

京平たちから離れないと知世から話が聞けないからと、苦肉の策で出た嘘だ。

一緒にいたいのはやまやまなのだが。


お蕎麦屋さんを出たわたしと知世はふたりと別れて、近くの複合商業施設のビルへ向かう。

ランチタイムの残り時間はあと二十分ほどだ。すぐにコーヒーショップに入って、ホットカフェオレ片手に、窓際のカウンター席に腰を下ろした。

「知世、ごめん。岩下さんと一緒にいたかった？」

「ううん……もう、緊張しちゃってヤバかった。花菜ぁ〜、今夜どうしたらいいのかわからないよ」

困っている知世がなんだかかわいい。知世と岩下さん、お似合いかも。

ふたりがクリスマスディナーを楽しんでいる姿を想像して、わたしは口元を緩ませた。

「で、どうして岩下さんとクリスマスイブを過ごすことになったの？」

おととい退勤するまで、知世にはクリスマスイブの予定はなにもなかったから、オフィスを出たあとのことだと推測している。

「わたし最近、ひとりで飲みに行くお店を見つけたんだ。けっこう居心地がよくて。おとといも退勤後、行ったの。そしたら、岩下さんもひとりで飲みに来ていて」

知世にひとりで飲みに行けちゃう行動力があるとは思っていなくて、わたしは目を丸くして驚いた。

「ひとりで……それもいいよね」

わたしはお酒が弱いから、怖くてひとりでなんて飲みに行けないな。

「お酒が入っていたから、話も弾んで。クリスマスイブの話になって、わたしは誰とも予定がないけれど、花菜と高宮専務は素敵なところでディナーをするんだろうなって言ったら、『わたしと行きませんか？』って」

「知世は岩下さんが好きなんだよね？　さっきの表情からありありとわかったよ」

でも、彼はどうなんだろう……。ちょうど彼も予定がなかったから誘っただけ？

「前から、素敵な人だなって思ってたよ。でも、秘書課の岩下さんっていったら、エリート街道まっしぐらじゃない？　話すらできない存在だったんだよね。きっとたまたま声をかけてくれたってだけだから、この先はわからないけど、今日は楽しみなんだ」

「岩下さんを観察していたんだけど、知世が気になるって印象を受けたの。だから、いつも通りの知世で、楽しんできて」

彼女の手に手を重ねて、元気づけるように言う。

親友を励ましたとき、ランチタイムの残り時間があと五分になっていることに気づき、少しぬるくなったカフェオレを手にして、慌ててコーヒーショップを出た。

午後も忙しく働き、いよいよ楽しみな時間が近づいてきた。

担当しているサンオイルの水着のタイアップ先も決まり、満足してパソコンの電源を落とす。

対面に座る知世がパソコンの横から顔を出した。

「花菜、もう十八時だよ。楽しんできて」

「ありがとう。知世もね！」

デスクの一番下の引き出しからバッグを取り出して、フロアの隅にあるコート掛けからクリーム色のカシミアのコートを取って羽織り、ウエストでベルトを結ぶ。

誰にともなく「お先に失礼します」と言って、急いで地下駐車場へ向かう。

地下に着いてエレベーターを降りると、十メートルほど先を歩く京平の姿が見えた。肩幅が広く高身長で、運動神経抜群の後ろ姿は紺色のスーツがよく似合っている。

「京平っ！」

地下駐車場に声が響き、京平は振り返る。

「花菜、おつかれ……って、ヒールで走るなよ。怪我するぞ」

走って近づくわたしに、京平は苦笑いを浮かべた。

以前、ヒールを履いた足を滑らせて階段から落ちたことがあるせいか、彼はいつも足元を注意する。

「大丈夫、大丈夫！」

京平はパールホワイト色の車に手をかけて、助手席のドアを開けた。それからわたしが頭をぶつけないように手をかざし、乗せてくれる。

彼の紳士的な振る舞いに、いつも胸が高鳴ってしまう。

ドアが静かに閉められ、京平が運転席に乗り込んだ。

「さてと、行こうか」

エンジンがかけられ、逆輸入高級車がゆっくり動き出す。

「京平がこんな時間に退勤だなんて、めったにないよね」

「まあな。今日は時間が決められているから、この時間はマストなんだよ」

「そんなにきっかり……？　今日はどこもカップルでいっぱいだから？　どこへ連れていってくれるの？」

そう聞くと、京平は前を見ながら笑う。

「それは内緒って言っただろ」

どこのレストランへ連れていってくれるのかな？　ホテルのレストラン？　それとも青山《あおやま》辺りのおしゃれなところ？

いろいろ考えていると、車は首都高速道路へ入った。

首都高……？　ってことは、少し離れた隠れ家的なレストランかな？

わたしの妄想はさらに広がっていく。

そうしているうちに、車は羽田《はねだ》空港方面へ。

どういうことだろう……？

「もうわかった？」

困惑しているわたしに問いかけながら、京平は車を羽田空港の駐車場に入車した。あらかじめ予約してあったようで、混んでいるがすんなり停車させている。

「もしかして、飛行機……？」

「ああ。これから札幌《さっぽろ》へ飛ぶ」

思いがけない京平の言葉にわたしは目をパチクリさせる。そんなわたしに京平は顔を近づけて不敵に微笑み、それから甘く食《は》むように口づけた。

「サプライズ、成功か？」

「もうびっくりで……どうしてそんなこと思いついたの？」

「お前がホワイトクリスマスだったらいいなって、言ったから」

なんの気なしに話したことを覚えていてくれたんだ……。

お礼を口にしかけたとき、鼻を長い指で摘まれる。

「今日はずっと俺に感謝し続けそうだから、言わないでいい。ほら、行くぞ」

京平はドアを開けて外へ出た。それから、後部のほうへ回る。

わたしも車から降りて、トランクからバッグを出している京平のもとへ。

「あれ……？　わたしのバッグ」

京平が両手に持った一泊用のバッグのひとつは、わたしの持っているものに似ている。

「一泊するんだから、それなりに必要だろ。葉月《はづき》に用意してもらった」

葉月は、わたしの二卵性の双子の妹。百六十センチのわたしより十センチも背の高い、スレンダーボディを武器にしているモデルだ。

京平と葉月は言いたいことをポンポン言い合って、結局口喧嘩で終わるような関係だけど、意外と気が合うところもあったりする。

「あ！　だから、今朝玄関で葉月がニヤニヤしてたのね！」

「葉月のことだから、旅支度に抜かりはないと思う」

わたしは手を差し出してバッグを受け取ろうとしたけれど、京平は渡してくれない。

「いいから、行くぞ。出発まであと三十分もない」

スーツの袖を少しまくって腕時計を見て急《せ》かす京平だった。

わたしたちは出発ギリギリで、新千歳《しんちとせ》空港に向かう旅客機のビジネスクラスの座席に腰を下ろした。

慌てたせいで、汗が出てくる。

隣に落ち着いた京平は、さっそくバッグからタブレットを取り出した。

「花菜、悪いけど、映画でも観てて。仕事片付けるから」

そう言うと、京平はタブレットに視線を落とした。

わたしが手伝える仕事じゃないだろうし、開き直って京平の言う通り、映画を観よう。新千歳までは一時間半ほどだから、最後まで観られないかもしれないけど……。

少し前まで劇場でやっていたロマンティックコメディの邦画を選び、目の前の画面に映していたけど、わたしは隣の京平のことをいつの間にか考えている。

京平はわたしの初恋だった。

今年の夏、葉月に誘われて水着イベントのあるプールパーティーへ行き、仕事中の京平にばったり会った。そこで彼の言葉がわたしを傷つけ、ずっと好きだった京平を忘れるために、お見合いすることを決めた。

だけど、苦しい気持ちで向かったお見合いの席にいたのは驚くことに京平だった。

わたしはずっと京平しか見てこなかったから、彼と結婚できればと思ったけれど、京平には最初、結婚する気持ちはなかったと思う。でも、一緒に過ごすうちに彼はわたしを愛してくれるようになった。

紆余《うよ》曲折《きょくせつ》もあったけれど、結婚が決まり、今では幸せいっぱいのわたしだ。

付き合った期間は短いが、わたしたちの結婚には両家の両親たちももろ手を挙げて賛成だった。幼い頃から両家に親交があったから。

京平のことをよく知っているつもりだったけれど、彼が好きになった人を、こんなに愛情深く溺愛するとは思わなかった。付き合ってからは、言いたいことは言うけれど、常に優しくわたしを引っ張ってくれて、大事にしてくれる。

葉月も時々、独占欲を見せる京平に驚き、わたしを茶化したりしている。

こんな一面は幼なじみであった頃には、わからなかったことだ。

前よりずっと、ずっと、京平が愛おしい。


「――菜、花菜？」

わたしの身体がゆっくり揺さぶられて、眠りから浮上する。

「あ……」

目を開けると、京平の端整な顔が飛び込んできた。

「もうすぐ着くぞ。シートを戻して」

いつの間にか、旅客機は着陸態勢に入っていた。

「わたし、寝ちゃったんだ……」

「ああ。映画は退屈だった？」

「ん……よくわからない」

わたしは首を傾けて笑った。

京平のことを考えていたら、いつの間にか眠りに落ちていたなんてね。

閉じていた窓のシェードを少しだけ開けてみる。ちょうど、旅客機は静かに着陸したところで、ハラハラと舞うように降っている雪が目に入った。

「京平っ！　雪だわ！」

彼のことだから、ちゃんと雪が積もっていることは確認済みだろうと思う。それくらい用意周到な男だから。

わたしが喜んでいる姿に、京平はフッと笑った。


タクシーで、札幌市内の最高級ホテルに到着した。時刻は二十一時三十分を回っている。

すぐにホテルスタッフに案内されたのは、最上階のスイートルーム。

ため息が出ちゃうくらいの豪華なデートプラン。重役の彼でなければこんな贅沢できない。

わたしの父は世田谷《せたがや》で街の不動産屋を経営しているけれど、お隣の高宮家の暮らしと比べると、はるかに底辺をいく生活。それほど贅沢をしてきたわけではないから、時々価値観の違いから、もったいない……なんて思ってしまう。

でも、今日はわたしを喜ばせるため、贅沢なクリスマスを過ごさせてくれようとしている京平に感謝している。

案内してくれたホテルスタッフが、「お食事は十五分後に運んでまいります」と、京平に伝えている。

レストランじゃなくて、部屋で食べるみたい。

もちろん、スイートルームだから、広いリビングとベッドルームがあり、ダイニングセットやカウンターバーまで備わっている。

京平は窓に近づき、厚手のえんじ色のカーテンを開けた。わたしも京平のそばへ行く。

外はさっきより大粒になった雪が舞い落ちている。

夜空に降る雪は幻想的だった。

「夢みたい……」

わたしが小さくため息を漏らすと、京平の腕が腰に回り、頬に唇が触れた。

「俺って、いい男だろ？」

ロマンティックなムードなのに、そうやって茶化すところが好き。

「もうっ、感動してるのにっ」

「ロマンティックすぎて、俺はなんだか照れくさい」

少し恥ずかしそうな笑みを浮かべて、本音も言ってくれる。

「京平、ありがとう。クリスマスイブをこうやって過ごすのは初めて」

彼氏がいたことはあったが、いつも心の中に京平がいて、深い関係にならずに終わっていた。

でもふと、心に影が落ちる。

京平は元カノとこんな風にクリスマスイブを過ごしたのかな……。

「どうした？　お前から負のオーラが出たぞ」

「もうっ、そんなオーラ出してないって。他のところも見てくる！」

京平から離れて、歩き出そうとしたとき、腕を掴まれ引っ張られる。トンと、わたしの背中が京平に当たった。そして、包み込むように背後から腕を回される。

「俺もクリスマスをこうやって過ごすのは初めてだから」

少し低めの声と共に吐息が耳をくすぐり、身体中に痺《しび》れたような感覚が走る。

「そ、それって本当……？」

彼女がいたこともある京平が、クリスマスイブを恋人と一緒に過ごしたことがない……？


「本当。食事はあるけどな」

ま、まあ、食事くらいなら二十七歳の健全な男なんだから、当たり前だよね。

「うん。正直に話してくれて嬉しい。昔っから京平はモテてたから」

ギュッとバックハグされて、腕に振動が伝わっちゃいそうなくらい心臓がドキドキしている。

「花菜しか見ていないから」

じらすようにゆっくり振り向かされる。そして後頭部に手が置かれ、唇が重なる。

淫《みだ》らなキス音が広いスイートルームに響いている気がした。

そこへチャイムが鳴った。

「ヤバい。花菜がかわいくて、もう少しで抱きそうになった。手を洗ってこいよ」

京平はわたしを放し、ドアへ向かった。

ダイニングテーブルはすっかりクリスマスイブ仕様になっている。

純白のテーブルクロスに、中央には真紅のバラのアレンジメント。

そこにフランス料理が所狭しと並んでいた。

「ルームサービスって、初めてよ」

「レストランだと、ふたりきりになれないだろ。くつろいで食事をしたかったんだ」

対面に座る京平は立ち上がって、シャンパンをグラスに注いでいる。

スーツの上着は脱いでおり、ワイシャツの袖をまくっている。そこから覗く筋肉質な腕が目に入って、急いで視線を逸らす。

ドキドキが止まらないよ。

「うん。雰囲気は最高だし、お料理も美味しそう」

最後に食べるデザートはシンプルなイチゴの生クリームケーキだった。サンタクロースとトナカイがのっていて、とてもかわいい。しかも、そのケーキはカットされたものではなく、ホールだったので、驚いてしまう。

「花菜、メリークリスマス」

京平はシャンパングラスを掲げる。わたしもならって、シャンパングラスを持ち上げた。

「今日はありがとう。夢に見たクリスマスだよ」

料理には、新鮮なカニやウニ、彩りにいくらなどが使われている。さすが北海道《ほっかいどう》だ。

海鮮だけでなく、フォアグラののったフィレステーキもある。

「絶品！　すごい！　口の中で溶けていっちゃう！」

時刻は二十二時近いこともあって、お腹も空いていたけど、それよりもこのホテルのフレンチの美味しさに食が進んで困るほどだ。

「お前の食べてるところや、喜ぶ姿を見るのが楽しいよ」

「こんなに甘やかしてたら、どんどん太っちゃうんだから」

わたしはスレンダーな葉月と違って太りやすい。双子なのに、すべてが違う。

「その分カロリー消費すればいいんじゃん？」

「カロリー消費……？」

頭の中で京平との甘い時間を考えてしまって、頬が熱くなる。

「ああ、このホテルには二十四時間やっているジムがあるぞ」

ジムと言われて、自分のよこしまな考えが恥ずかしくなった。

「う、運動なんて、嫌ですっ。せっかく最高に美味しいものを食べて至福のときなのにっ！　あとはゆったりとお風呂に入ってくつろぐんだから」

京平にはわたしの考えていることがバレているみたいで、彼は鼻で笑った。

もうっ、話変えよう。

「あのね？　今夜、岩下さんと知世が一緒にクリスマスイブを過ごしているの」

「知ってる」

「えっ？　知ってた？　いつからっ？」

京平が知っていることに驚いて、わたしは身を乗り出す。

「今朝だよ。彼女のことが気になっているっていうのは前から聞いていた。一緒に飲んだときだったかな」

「ランチタイムのとき、京平、まったく気づいていません、って顔してたよ？」

「俺が知ってたら、気まずくなると思ってポーカーフェイスをつらぬいた」

サラッと言って、綺麗な所作でフィレステーキを切り、口に運ぶ。

「岩下さん、前から知世が気になっていたんなら、わたしに言ってくれればよかったのに」

「そんなの、中学生の恋じゃないんだからな？　好きだったら自分から行動すべきだろ？　それよりも早く食べろよ。ケーキが待ってるぞ」

京平の言っていることはもっともだ。仲を取り持つなんて、中学生の恋みたいだもんね。

食事を終えたわたしたちはケーキを取り分け、リビングのソファに移動して並んで座った。

京平が二本目のシャンパンを開けて、グラスに注いでくれる。

わたしはお酒が弱いから、まだ二杯目。あとは飲んでもまったく変わらない京平が飲んでいる。

ケーキをフォークで切って、京平の口元へ持っていく。それをパクリと食べる京平に、にっこり微笑む。

「美味しいよね。さすが一流ホテルのパティシエだね」

「そうだな」

ケーキを咀嚼《そしゃく》してシャンパンを口にしてから、京平は立ち上がってドア近くにあるバゲージラックへ向かう。バッグからなにかを取り出し、すぐに戻ってきて隣に腰を下ろした。

「花菜、クリスマスプレゼント」

京平は金色のリボンがかけられた真紅のキーケースくらいの箱を差し出す。

「ありがとう……なんだろ……ブレスレット……？　ピアス？」

箱の大きさから想像しているわたしを京平は楽しそうに見ている。

「あ、開ける前にわたしからも！」

わたしも立ってバッグのところへ行き、長方形のやや大きめの箱を取り出した。

「初めてのクリスマスプレゼントの交換だね」

隣に腰を下ろそうとすると、京平の力強い腕に抱き込まれ、彼の膝の上に座らされた。

「お、重いからっ」

「いいから。重くないし。早く俺のクリスマスプレゼントが欲しい」

「う、うん」

わたしを下から見つめる京平の眼差しに、胸を高鳴らせながら手渡す。

このまま京平の膝の上にいるのは恥ずかしいけど、放してくれそうもない。

京平はわたしを抱きかかえながら、器用に箱を開けていく。

なんでも買えてしまう京平の欲しいものがわからなくて、悩んで悩んで悩みぬいたプレゼントは、ブランド物のサングラスだった。暗い色に少しグリーンが入っている。運転するときにかけてもらえたらと思って選んだものだ。

「花菜、いいね。気に入ったよ」

京平はサングラスを手にしてかけた。

俳優かモデルのようにカッコいい京平に、身体がゾクッと震える。

わたしの旦那さまになるなんて、いまだに信じられない。

なにかしていないと、心臓がもたないよ。

「きょ、京平のプレゼント見るね」

金色のリボンをほどき、真紅の箱を開けて、ベルベットの台の上にあったものを手にする。

京平はかけていたサングラスを取って、箱にしまっている。

「……カギ……？」

京平のマンションのカギはもらってあり、首を傾げる。カギの他に、小さなリモコンのようなものもある。

カギとリモコンに見たことのある高級外車のロゴが……。

「これって、車のカギっ？」

「そう。これから小回りが利く車が必要だろ？　マンションの俺の駐車スペースの隣に停めてある」

わたしは困った。

ものすごいクリスマスプレゼントにおののくばかりなんだけど……。

「……京平……わたし、免許持ってないの」

「ええっ⁉　マジかっ？」

彼はものすごく驚いて、涼しげな目が大きくなる。

「うん……だから、ありがたいんだけど……」

乗れないものを持っていても仕方ない。

「そうだったのか……葉月は運転しているし、お前もてっきり持っているとばかり……」

「うん。だから返品――」

「するわけないだろ。お前仕様に内装変えてあるし。花菜が免許を取れば済むことだ」

至極簡単に言われて、今度はわたしが呆気に取られる。

「免許を取るっ？　わたしが？」

「仕事帰りや、土日だったら、そうだな……順調にいけば半年もあれば取れるんじゃないか？」

ニヤリと笑みを浮かべる京平だ。

「そんな……」

「考えてもみろよ。免許を取っておいた方が、ゆくゆく子供の送り迎えや買い物に便利だろう?」

「う、うん……」

そう言われればそうだと思う。免許を取りたくないわけじゃない。車を婚約者から贈られるなんて、世の女性は羨ましいと思うに違いない。わたしだって嬉しい。

「ありがとう。ドライビングスクールへ通うよ」

そう言うと、京平は満足そうな笑みを浮かべ、わたしの後頭部に手を回して引き寄せた。

京平の膝の上に座っているから、わたしが襲っているみたい……。

「んっ……」

唇が重なり甘く食まれながら何度も触れ合ったあと、舌が侵入してきて、濃密なものに変わっていく。

「京……平……っ、大好きっ……」

キスの合間に気持ちが溢れ出し、言わずにはいられない。

「俺も花菜が愛おしくてたまらない。ベッドへ行こう」

身体がふわりと、抱き上げられる。

そのまま確かな足取りで、京平はわたしをベッドへ連れていった。

満ち足りた幸せな気分で眠りに落ちたわたしは、ふと眩《まぶ》しさに薄目を開けた。

窓辺に立つ京平は、雪のような白いセーターを着てビンテージもののデニムを穿《は》いていた。

「ん……朝……」

わたしはキングサイズのベッドの中でもそっと身体を動かす。京平に愛された身体はまだ火照《ほて》っている気がした。

京平がベッドに近づき、端に腰を下ろし、わたしの髪を弄《もてあそ》び始める。

「いや、昼だよ」

「ええっ⁉」

まだ重かったまぶたがはっきり開く。

「そんなに寝てたなんて……」

「まあ無理もないよな？　俺が花菜の身体に欲情しすぎたから」

ベッドに運ばれてから、京平がどんな風にわたしを抱いたのか、その言葉で思い出してしまい、恥ずかしくなった。

しかも、深夜に一度眠りに落ちてから、明け方にまた愛され、朝起きろというほうが酷ではある。

「……帰りの飛行機は何時？」

「昨日と同じくらいかな。だからまだ時間はたっぷりある。また花菜を食べていい？」

顔が近づいて、ちゅっとキスを落とされる。

「わたしはお腹が空いて……」

昨日あれだけ食べたけれど、もうお昼。お腹が鳴りそうだ。

「カロリー消費の手伝いのおかげじゃないか？　昨日もそのつもりで言ったんだけど、花菜がかわいくてからかったんだ」

京平はそう言って、不敵に微笑む。

「もうっ！　やっぱりジムのことじゃなかったんだね？」

わたしは京平を睨む。

「ま、そんな顔をすると余計かわいいけどな」

ベッドから出ようにも、布団の上から覆いかぶさってくる京平の重みで、身動きができない。

そうこうしているうちに、京平はわたしをキスで翻弄《ほんろう》し始めた。

京平のキスに弱い。ううん。すべてに……。

その後、ベッドから出られたのはだいぶ経ってからだった。

わたしたちは札幌の街へ出かけた。時刻は十四時を回っている。

ウニとイクラをたっぷり食べたいとわたしが希望したため、京平は、以前食べて美味しかったというお店に連れていってくれた。

京平は国内や海外出張がけっこうあるから、いろいろな店を知っている。

雪はやんでおり、昨晩降ったせいで歩道にも積もっていたけれど、しっかりしている葉月がちゃんとショートブーツを入れておいてくれたからサクサク歩ける。

海鮮どんぶりを堪能してから、街をぶらつき、時計台やショッピングモールを見て回る。

身体が冷え切ってしまい、カフェに入ってホットココアを飲むことにした。

「京平、素敵なクリスマスをありがとう」

わたしは、冷たかった両手を、ココアのカップを包み込むようにして温めていた。

「友人の結婚式がなければあと一泊していたのに、ごめんな」

京平の大学のときの友人が、明日結婚するのは前から聞いていた。

「ううん。一泊だけでも嬉しいよ。忙しいのに本当にありがとう」

「花菜が喜んでくれたのが、俺の一番のクリスマスプレゼントだな。サングラスも嬉しかったが」

京平の口から甘い言葉が出て、冷たかった頬が一気に熱くなる。

「……京平がそんなに口がうまいとは思わなかったな」

照れ隠しにそんな言葉が出てしまう。

「顔が真っ赤だ。俺は花菜がそんなに照れ屋だとは思わなかった」

京平は端整な顔に不敵な笑みを浮かべて、わたしをからかった。

そうこうしているうちに、空港へ向かわないといけない時間になっていた。


京平の車は、成城学園前《せいじょうがくえんまえ》にある我が家に到着した。

今ではセレブが住む街と言われているけど、おじいちゃんが住み始めた頃はそんなことはなく、うちは二十年前に建て替えた庶民的な４ＬＤＫ。一方、お隣の高宮家はこの一帯でも一番広い敷地と豪邸で有名だ。

同居していたおじいちゃんは七年前、おばあちゃんは五年前に病気で亡くなっていて、今は両親と葉月の四人で暮らしている。

家族へのお土産も忘れずに買ってきた。カニやお菓子だけど、葉月の好きなものだから喜んでくれるはず。

京平は今夜実家に泊まり、明日の結婚式後に再び戻ってきてもう一泊する予定。明後日の月曜日は、一緒に出勤することになっている。

「京平、いろいろありがとう。一生心に残るクリスマスだったよ」

車を停めた京平に心を込めてお礼を口にした。

わたしの言葉に少し照れたような京平は軽く唇にキスを落としてから、車から降りた。そして玄関まで荷物を運んでくれたときに、お母さんからお茶でもと誘われたのを丁寧に断って、隣の自宅へ戻っていった。

「お母さん、もう遅い時間だし、京平は明日も忙しいんだから」

わたしはお土産を持って、リビングルームへ足を進める。

「葉月は？」

「いるわけないでしょ。今日はクリスマスなんだから。あら～タラバ蟹の足！　奮発してくれたのね」

お母さんは発泡スチロールの蓋を開けて喜んでいる。

「まあね。お母さん、タラバ蟹好きでしょ」

「札幌はどうだった？　雪は降ってた？」

どうだったと言われても、一部始終なんて話せない。

「あ！　京平からクリスマスプレゼントに車をもらったの」

バッグから、車のカギを出してみせると、お母さんは目を丸くして驚いた。

「え？　車を？　花菜は免許ないのに？　しかも高級外車じゃないのっ」

「てっきり免許持ってると思っていたみたいなの。子供が生まれたら運転ができたほうがいいねって結論で、免許取りに行くことにしたんだ」

「そうね。車は必要になるわね」

お母さんは納得している。

「驚いたわ～。京平くんはすごいわ。ポンと外車を買って、花菜にプレゼントするなんて。タラバ蟹は焼いて食べましょうね」

「うん。楽しみ。じゃあ、上行くね」

わたしは札幌の余韻を残した幸せな気分で、二階の自分の部屋へ向かった。


月曜日の朝、出社の用意を済ませてから、リビングルームへ下りる。

キッチンでは葉月がスムージーを作っていた。

「葉月、早いね？」

「おはよう。花菜」

コーヒーを淹れるために、キッチンへ入る。

葉月が緑色をしたスムージーをグラスに注いでいるのを見て、ブルッと震えた。

「見ているだけで寒くなるよ」

インスタントコーヒーの粉をカップに入れて、沸かしてあったお湯を注ぐ。

「花菜も飲む？　お肌の調子を整えるためにも飲んだほうがいいよ。結婚式を控えてるんだし」

「う……ん、ちょっとだけちょうだい」

葉月が飲んでいたグラスを受け取って、ふた口ほど喉に流し込む。進んで飲みたいと思わないな。葉月はよく頑張ってると思う。

温かいカップを持ってキッチンを出ると、葉月もついてくる。

「お母さんから聞いたよ、京平のクリスマスプレゼント。車種はなんだった？」

葉月はテーブルについて、対面に座ったわたしのほうへ前のめりになり、興味津々な顔を向ける。

「あ、旅行の用意ありがとう。すごいサプライズで驚いちゃった。車はスマホの写真しか見てないの。小さめで綺麗な赤だった」

「京平に花菜を札幌へ連れていくから一泊分の用意してってって頼まれたの。なにからなにまで、花菜が羨ましくなっちゃう。赤い車か、花菜に合うね。頑張って免許取らなきゃね！」

葉月はにっこり笑って、最後のスムージーをゴクゴクッと飲み干した。


その日のランチタイム、クリスマスイブの話がしたいわたしと知世は、すぐ近くのカフェレストランへ行った。

それぞれ食べたいものを注文してから、周りのテーブルに知った顔がいないかぐるりと見回す。

いないのを確認したわたしは口を開く。

「ディナー、どうだった？　楽しかった？」

今朝からの知世の顔を見ていれば、楽しかったことは一目瞭然だけど。

「もうっ、最高だったわ！　岩下さん、おしゃべりじゃないけれど、始終気を使ってくれていて。とても素敵な人ね」

「そうだね。寡黙《かもく》な人だけど、京平からの絶大な信頼があるし、頭も切れるし。顔もイケメンよね」

京平は秘書の岩下さんを頼りにしていると、話題に出たことがある。

「で、食事はイタリアンだった？」

そこがちょっと気になっていた。

「え？　うん。そう！　花菜、どうしてわかったの？」

「だって、お蕎麦屋さんに行く前に、京平がイタリアンって言いかけたら岩下さん、慌てて和食がいいって。知世、聞いていなかったんだ？」

「あのときは高宮専務もいたし、岩下さんとばったり会ってテンパっちゃってたから、耳に入ってこなかったの」

照れた笑みを浮かべた知世は肩までのボブの髪を耳にかける。この仕草は知世がよくやる癖《くせ》なのだけど、今日の手の動きはいつもより女らしい気がする。

「知世、これからちゃんと付き合うの？」

「うん。岩下さんにそう言われたの」

そう言った知世の顔がふと憂いを帯びたようになる。

「どうしたの？」

さっきまで楽しそうだった知世が急にしょんぼりしたので、気になって聞いてみる。

「付き合おうと言われたけど、結婚を前提に……じゃなかったの。わたしも二十七歳だし……ちょっとショックなんだよね」

そっか。そういうことだったんだ。確かに、一回食事をしただけで、結婚に至るかはわからないけど、その言葉が欲しいのも頷ける。

「あ！　花菜っ、そんな暗い顔しないで。大丈夫！　わたしと結婚したいって思ってもらうように頑張るからっ。結婚間近の高宮専務のそばにいるし、新婚生活はいいものだって、のろけてくれたらいいな」

「京平、のろけてくれるかな……」

知世が岩下さんと結婚したいと思っているのなら、なんとか応援したいと思ったわたしだった。


クリスマスが終わると、あっという間に二十八日の仕事納めの日がやってきた。

みんなが退勤していく中、わたしだけまだ残っている。

一月十日の結婚式の後、ハネムーンは一月二十日からヨーロッパへ二週間の予定で行く。だから、今のうち片付けられる仕事をやっておきたい。

早く来夏のサンオイルのイメージモデルがわかれば、仕事がサクサク進むのにな……京平に聞いてみようかな。

そこへデスク上の電話が鳴った。専務室からの内線だ。

すごいタイミング。わたしたち、以心伝心？

顔がにやけてくるのを感じながら、受話器を取って出る。

「もしもし?」

『花菜、やっぱりまだいたのか』

京平の爽やかな声が耳をくすぐる。

「いろいろと終わらなくて。あれ? 京平、会食は?」

『先方がインフルエンザになって、キャンセルになったんだ。あとどのくらいかかる?』

話しながらカチャカチャとキーボードを打つ音が聞こえてくる。受話器を肩と耳で挟みながら電話をしている京平が目に浮かぶ。

「え……っと、二時間くらいかな」

『大変だな。俺もまだやってるから、片付けたら来いよ。食事して帰ろう。帰りは送っていく』

「うん。終わったら行くね」

今夜は京平と会えないと思っていたから、嬉しくて笑顔になる。

受話器を置いたわたしは、二時間で仕事を終わらせようと集中した。

二十一時過ぎ、十三階の広報室をあとにした。

ドアは自動でセキュリティがかかる。その機械音を聞いてから、エレベーターホールに足を進めた。

ファッション誌が入るほどの大きなバッグを肩から提げ、暖かいカシミアのクリーム色のコートを手に持って、エレベーターを呼ぶ。

専務室は二十階にある。乗り込んだエレベーターはあっという間に到着し、廊下に出てみると、シーンと静まり返り、照明は歩くのに困らない程度に落とされていた。

専務室のドアをノックする前に、内側から開けられた。

「え？　なんでわかったの？」

京平が目の前にいて、急に開かれたドアに目をまん丸くする。

「それは内緒。入れよ」

「な、内緒って……」

二十畳ほどの専務室は広々としていて、窓際に大きなマホガニーの艶《つや》やかなデスクがある。そこに書類が所狭しと広げられていた。

やっぱり忙しいんだ……。

「重役フロアの防犯カメラの映像を、ここでも見られるようにしたんだよ」

「なんだ。タイミングよく開いたから驚いちゃった」

「片付けるから、座ってて」

京平は部屋の中央にあるホワイトレザーのソファを勧めて、デスクに向かう。

言われた通りにソファに腰を下ろして、京平がデスクの上を片付ける様子を見守る。

ワイシャツの袖は肘までまくり上げられ、書類を持つたびに筋肉が動くさまに、なんだか頬が熱くなってくる。

京平は幼い頃からテニスを習い、高校では全国大会出場の常連だった。

ソファに座ってみたものの、落ち着かない気分になって立ち上がり、デスクから少し離れたところに立って、窓の外へ視線を向ける。

木目調のブラインドは開けられていて、明るい東京の夜景が広がっている。そこから東京タワーも見えた。

今年もあと三日か……。

今年の後半は瞬く間に過ぎ去っていった。それも夏の京平とのお見合いから婚約、結婚式を決めるまで、ごく短期間だったからに違いない。

ぼんやり窓の外を見つめながら考え事をしていたわたしの腰に、たくましい腕が背後から回される。

「なに考えてるの?」

頬に、京平の吐息と共に唇がそっと触れる。

「ね、京平は今年が過ぎるの、早かった？　それとも遅かった？」

「早かったな。花菜を愛してから一時間が一秒に感じられる」

「ふふっ。そんなに時間が早く過ぎるなら、わたしたち早くにおじいさんとおばあさんになっちゃうね。……っあん……」

話している最中に耳朶《じだ》を甘噛みされて、電気が走ったみたいにビクッと身体が震えてしまう。

「その前に、子供作らないとな」

京平の唇が首筋を滑って、柔らかい肌を吸われる。

「んっ……、ダ、ダメっ……」

そうだ、聞きたいことがあったんだっけ。

「ダメって、子供がいらないのか？」

「そうじゃなくてっ、こんなところで、こんなことしちゃダメだって。子供はたくさんほしいよ」

わたしはクルリと、京平に向き直る。

「それよりもね、聞きたいことがあったの」

「なんだよ？　聞きたいことって」

まだ京平の腕の中にいるわたしは、端整な顔が近くにあるのが恥ずかしくて直視していられない。

「ら、来夏のサンオイルのモデル、もう決まってるんでしょ？　教えて？」

「教えない。企業秘密」

きっぱり言われてぐうの音《ね》も出ないけど、粘ってみる。

「企業秘密って、わたしが広報担当なのに？」

「発表までは言えない」

妻になるわたしにも教えてくれない京平に頬を膨らませる。

「もう……」

「確かなのは、花菜より背が高い」

苦笑いを浮かべながら、京平は手のひらをわたしの頭に置いてポンポンと触れる。

「それはもちろん、モデルなんだし……もうひとつだけヒント！」

「元気はつらつ、ってところだ。あ、美人だな」

「美人……それはそうよね」

京平が美人と言うのだから、そうなのだろう。きっと会ったんだよね？

そう思うと、結婚を控えている身だけど、余裕がなくなる。

「なんだよ。美人にひっかかってるのか？　俺はかわいい系が好きなの」

京平は優しくわたしの鼻を摘まむ。

「慰めてくれなくてもけっこうです。わたしは逆立ちしたってモデルのように美人にはなれません。って、話を本筋に戻してっ」

「とにかく夏の太陽にぴったりのモデルを選んだから、楽しみにしておけよ」

「……わかった。楽しみにしてる」

まだ話せないのもわかるから、素直ににっこり笑った。

「ほんと、お前かわいいな」

「えっ⁉」

わたしの身体がふわりと浮く。

京平はわたしを抱き上げ、ソファに連れていって横たわらせた。

「京平っ」

起き上がろうとすると肩を押さえられ、京平に囲われるように身動きが取れなくなる。

そして彼は濃厚なキスを始める。何度も舌が口腔内を我が物顔に動き回り、わたしの身体は火が点いたようにすぐに熱くなった。

薄紫色のカーディガンとその下のトップスの裾から大きな手が入り込み、ブラジャーの上へと滑る。

「きょ、京平っ……ん、あっ……んんっ……ここ、オフィスっ」

「知ってる」

京平はわたしが焦る姿を楽しんでいる。

ブラジャーの上から大きな手に膨らみを包まれた。

「ああっ……」

「花菜のココがもっと触ってほしいって言ってる」

ブラジャーが引き下げられて、胸の先端部を指の腹で撫でられる。もっと触れてほしくて甘い声が漏れる。

「京平っ……」

もうここで京平に抱かれちゃう……？　ううん、ダメダメ！

そう思ったところへ――。

「そんなにかわいい声を出されたら理性が保てないが、家に戻るまでおあずけな」

フッと不敵な笑みを浮かべた京平は身体を起こした。

「えっ？」

「あれ？　花菜、神聖な仕事部屋で俺に抱かれるつもりだった？」

はぁ～。また京平にからかわれた。

「もうっ！　ひとりで帰るんだからっ」

ソファの上で身体を起こし、すっくと立ったわたしを見て京平は笑っている。

まったくいつも余裕の表情なんだからっ。

そんなところも惹かれるんだけど……。

「花菜は真面目だから、ここで俺に抱かれる気はないだろ。俺をその気にさせるな」

そう言って、京平はデスク横にあるコート掛けからカーキ色のチェスターコートを取って、羽織りながらわたしのもとへ戻ってくる。それからソファに置いてあったわたしのコートを手にした。わたしが腕を通しやすいようにコートを開いて着せてくれる。

コートと同じ生地のベルトをウエストの前で結んでくれたあと、額に口づけが落とされた。

「わたしって、真面目だと思う？」

「真面目でかわいい、俺の嫁さんだろ？」

その言葉だけで、頬が急激に火照ってきて、両手を頬にやる。

わたしの頬から手を離した京平は、その手でわたしの右手を握った。

「帰ろう。腹が減った」

わたしたちはオフィスを出て、エレベーターに向かった。


お正月休暇は一月三日まで。休暇といっても、わたしには部屋の片付けと、荷物を京平のマンションに運ぶ作業があって、ゆっくりはしていられない。

そうしてせわしない年の瀬が過ぎ、元旦《がんたん》になった。

京平のマンションから真夜中に戻ってきたから、お昼まで眠っていたかったのに、朝早くお母さんに起こされて、眠い目をこすりながらあくびをする。

「もっと寝かせて……」

頭の上まで引き上げようとした布団が、お母さんにガシッと掴まれ阻まれる。

「ダメよ。これからお着物に着替えるんだから、さっさと起きなさい」

もう一度寝ようとしていたわたしは驚いて飛び起きる。

「お着物って言った⁉」

「そうよ。今日はお昼過ぎから高宮家と新年会だから、嫁入り前の花菜に最後の振袖を着せてあげようと思って、お母さんはりきってるのよ」

「洋服でいいのに……」

わたしはため息をひとつ漏らす。

「結納のときは時間がなくて略式だったでしょう？　せっかく上等な振袖があるのに、着なきゃもったいないじゃない。結婚したらもう着られないのよ？　それに京平くんに見せたくないの？」

み、見せたいかも……。

せっかく成人式のときに仕立ててもらったのに、まだ二度しか袖を通していないから、結婚後に着られなくなると、お母さんの言う通り宝の持ち腐れになる。

葉月も自分の振袖を持っているし、それぞれの体型に合わせて仕立ててもらっているから、背の高い彼女には丈が合わない。

「すぐに下りてきなさいよ」

そう言ってお母さんは部屋を出ていき、わたしは起きることになった。

新年会はお隣の高宮家で行われた。

広々としたダイニングルームに両家が揃い、新年をお屠蘇《とそ》と挨拶で祝う。

そこに葉月だけいなかった。彼女はおといから仕事でニューヨークへ行っており、五日に帰国する予定だ。

八人掛けの白い大きなテーブルに、おせち料理が置ききれないほど用意されていた。我が家はおばあちゃん直伝の煮物やローストビーフなどを持ってきている。

椅子に座れてホッとする。

我が家だったら、この人数だと和室になるから正座をしなくてはならない。正座は苦手で、京平とのお見合いのときも足が痺れてしまい、失態を演じてしまったから、椅子はありがたい。

「花菜ちゃん！　お振袖、素敵よ～。やっぱり女の子はいいわ～」

京平のお母さんが目を細めて、艶《あで》やかな深紅の生地に古典的な柄の振袖を着たわたしを褒めてくれる。

お母さんの行きつけの美容院のオーナーが自宅出張してくれて、髪は成人式のようにきっちり仕上げられている。

それなりに七年分、年をとっているから、振袖が似合っているのかわからなかった。京平がどう思っているのか心配で、褒めてくれる京平のお母さんから、彼に視線を向ける。

昨晩わたしを送って実家に泊まっていた京平は、お父さんたちと新年の挨拶をしており、代わりに弟の遼平《りょうへい》くんが口を開く。

「花菜さん、すごくいいよ！　あとで俺と神社へ行こうよ！」

遼平くんはわが社の第一営業部に勤務しており、高校・大学とメンズモデルをやっていたかわいい系のイケメンだ。

遼平くんはわたしの隣にいる京平の横の席に座っている。

初詣には京平と行く約束をしているから、わたしは返事に困った。

そのとき、京平は遼平くんに向けておもむろに指を〝ＯＫ〟の形にした。

えっ、ＯＫなの？

呆気に取られていると、京平は遼平くんの額を、その指先を弾いた。デコピンしたのだ。

「いってぇ」

「お前、誰を誘ってんの？　俺の婚約者だぞ」

遼平くんはデコピンされたおでこをさすって、肩をすくめる。

「花菜さんを連れて歩いたら自慢できると思ったんだよ。ね？　お義姉《ねえ》さんっ」

「わ、わたしなんか連れて歩いても自慢にならないよ」

彼の言葉に驚き、大きく首を横に振る。

遼平くんはすぐに褒めてくれたけれど、京平は振袖を着たわたしを綺麗だと思ってくれている……？

ふいに京平の手が、膝に置いたわたしの手を握った。

「花菜、綺麗だよ。俺とふたりだけで初詣に行こうな」

「う、うん……」

みんなの前で京平に褒められて胸がキュンとなったし、恥ずかしくて頬が熱い。

「遼平くん、冗談だったんでしょ。ごめんね……」

謝るわたしに、京平のお父さんが助け舟を出してくれる。

「遼平、わたしと行くか？　小さい頃は手を引いて毎年行っていたんだが。あの頃が懐かしいな」

「親父、遼平には初詣に行くガールフレンドがたくさんいるだろ」

京平が言うと、遼平くんはため息をつきつつ、頭を左右に振る。

「正月から会いたいって思う彼女なんていないよ」

遼平くんは会社でも人気があるから、ガールフレンドがたくさんいるのも納得だ。

でも本気で付き合いたい女性はいないみたい。

ほろ酔いでご機嫌になったお父さんがとっくりを掲げて、京平のお父さんに日本酒を注ぐ。

「高宮さん、わたしたちは夕方にでも氏神様へお参りに行きましょうか。京平くん、一杯」

「すみません。このあと運転するので」

京平が申し訳なさそうに謝ると、お父さんが笑う。

「そうか。それは残念だな」

「代わりに遼平がお付き合いします」

京平は手元にあったとっくりを手にして、お父さんのおちょこに注ぐ。それからみんなのおちょこにも。

ここでお酒を飲まないのは京平とわたしだけ。わたしたちはウーロン茶だ。

それからは、みんなで美味しいおせち料理を食べる。

振袖を着ているわたしのお腹は、少ししか食べていないのに苦しくなってきた。

こうして両家で新年を祝えるなんて、去年の今頃では考えられなかったことだ。高宮家に嫁ぐのだと、改めてしみじみ思ってしまった。

「花菜、これなんていうんだ？」

京平が、お皿に取り分けた食べかけの料理について聞く。

それは生前、おばあちゃんが大晦日にたくさん作ってくれた料理で、我が家のお正月にはなくてはならない一品。半分に切った油揚げの中にはるさめ、鶏肉、ぎんなん、野菜、こんにゃくなどがぱんぱんに詰めてある、福袋と名付けている煮物だ。

ひとつ食べると、けっこうな大きさだからお腹にくる。

「それは福袋っていって、おばあちゃんがよく作ってくれたの」

「初めて食べる。味が染みていて美味しいよ」

わたしは京平ににっこり笑う。

昨日の午前中に、中身を詰めるのを手伝っていたから、褒められて嬉しい。

「よかった。わたしも食べよう」

そう言うと、京平がさっと取り分けてくれた。

「ありがとう。振袖って、動きづらくて」

着物を汚さないように食べる。煮汁が染みているから、垂れないように気をつけなければならなかった。

やっぱり着物って、食べづらいな。

そんなわたしの考えを読んだように京平が笑った。

「挙式は神前式でもよかったな」

「え？」

わたしたちはホテルのチャペルで挙式をするから、突然の京平の言葉に小首を傾げる。

「花菜は着物も似合うから」

「も、もうっ、みんなの前で返答に困るようなこと言わないで」

暑くなってきて、ウーロン茶を飲むわたしだった。


新年会は三時間ほどでお開きになり、京平はわたしを車に乗せた。

「ねえ、本当にこの格好で行くの？　草履《ぞうり》だから歩くの遅いし……」

隣でエンジンをかける京平に、なにげなく振袖を脱ぎたいアピールをしてみる。

「せっかく着たんだから、そのままでいいだろ？　歩くのが遅いのも問題ない」

速攻で、京平に却下される。

ふいに彼の長い指がわたしの顎に触れた。涼しげな眼差しがわたしを見つめる。

「遼平の言う通り、綺麗なお前を自慢したいんだ」

心臓がトクンと高鳴ったとき、京平は唇を軽く重ねてきた。

「ずっと、キスしたかった」

もう一度優しく唇が重なって、もっとキスしてほしくなる。

そして、甘いキスをやめた京平は口を開く。

「あとで脱がしてやるから、我慢しろ」

そう言って不敵に笑った京平は、自宅の車庫から車を動かした。

京平はいつも不意打ちでわたしの胸をドキドキさせる。


明治神宮《めいじじんぐう》へ向かう道路はすごく混んでいた。

パーキングを見つけるのにも苦労するのではないかと思ったけれど、京平は近くのビルへ車を進め、なんなく停めてしまった。

聞いてみると、知り合いのビルだと教えてくれた。段取りのいい京平に脱帽だ。

運転席から出た京平は、黒のロングチェスターコートを着て、助手席に座るわたしが降りるのを手伝ってくれる。それからホワイトファーを肩に掛けてくれ、わたしたちは手を恋人繋ぎにしてビルを出て、明治神宮へ向かった。

敷地に入るところまでは順調に歩いていたけれど、だんだんと人の列が動かなくなり、参拝できたのは一時間半後だった。

特設で作られた巨大なお賽銭箱《さいせん》にお賽銭を投げ入れ、両手を合わせて二礼二拍手をしてから神様に祈願する。そして数秒後、一礼してからその場を動くが、人が多くて京平から離れそうになった。

「花菜」

振り返った京平は手を差し出して、自分のほうにわたしを引き寄せた。それからしっかり手を握る。

「ふぅ〜。すごい人だね。京平はなにをお祈りしたの？」

「そういうことは聞かないのが普通だろ？　花菜は言えるのか？」

「もちろんよ！　京平と幸せな家庭が築けますようにって」

わたしは京平を仰ぎ見て、にっこり微笑む。

「まあ似たようなもんだな」と、京平は口元を緩ませて笑った。

そして人混みから抜け出したわたしたちは寄り道することなく車へ向かう。

「寒い？」

京平が尋ねる。

「ううん。でも足が疲れた」

慣れない振袖でいつもと違い、かなりの疲労感に襲われていた。

「マンションへ帰ろう」

京平はわたしの歩調に合わせて、ゆっくり歩いてくれた。


お正月休みが終わり、仕事始めの日。

今日は午前中、各所に挨拶をするだけ。そのあと、広報室はブランドプロモーション部と合同で新年会がある。

「花菜、電話終わった？」

柔らかい表情の知世がデスクの横に立っていた。

今日の彼女は、袖がシフォン素材のえんじ色のシックなワンピースを着ている。わたしはクリーム色のストンとまっすぐなワンピースだ。

彼女の雰囲気から、岩下さんとうまくいっているのだろうと推測する。

「うん。今の電話で最後よ」

周りを見てみると、十二人在籍している広報室にはわたしと知世、女性社員から人気のある愛妻家の佐々木《ささき》部長しかいなかった。みんなはもう新年会の場所へ移動したらしい。

「もう行けるよ。佐々木部長は？」

椅子から立ち上がって背後を振り返り、デスクにいる佐々木部長を見る。まだ電話中の部長と目が合い、先に行けと手を振られる。

「知世、行ってよう」

バッグとコートを手にして、わたしたちは広報室をあとにした。


新年会は、銀座《ぎんざ》のこぢんまりとした洋風居酒屋を貸し切っている。マフラーを頬くらいまで引き上げて、手袋もし、寒さ対策を万全にして、銀座へ歩いて向かっていた。

そんな姿のわたしに知世がクスッと笑う。

「なにかおかしいかな？」

「花菜、暖かそうだなって思って」

「だって、結婚式が近いのに風邪なんて引いていられないでしょ。これでも寒いよ」

知世は手袋をしていない。

「あれ？　知世、手袋は？」

「昨日、送ってもらったときに、岩下さんの車に忘れてきちゃったの」

そう話す知世は嬉しそうだ。

「ふ～ん。ちゃんとデートしてたんだ。うまくいってるんだね？」

彼女が幸せそうでよかった。わたしは口元を緩ませる。

「うん。岩下さんと一緒にいると楽しいの。あ、口数は少ない人だから、わたしがもっぱら話してるんだけど」

「真面目そうだもんね」

「花菜、結婚式の準備は終わってるの？」

知世は岩下さんの話をするのが照れくさそうだ。

「あとは両親に宛てた手紙を書くだけなんだけど、進まなくて」

もっと早くに書くつもりではいた。しかし、なにを書こうかと記憶をたどっていると、涙腺が刺激されて、結局は便箋《びんせん》を引き出しにしまうという繰り返しだ。

「もう書かないと、あっという間に当日になっちゃうよ？」

そうだね、とわたしは知世に小さく笑みを向ける。

はぁ……また、寂しくなっちゃった……。

「花菜、今日は高宮専務も来るの？　岩下さんもわからないって言ってたんだけど」

「突発的に新年会が入るかもしれないらしいの」

京平に会えば、この侘《わび》しい気持ちはなくなるのに……。

そして、やはり京平は新年会が入ってしまい、わたしたちのほうには来られなかった。

結婚式前日の午前中、わたしはホテルのブライダルエステへ出かけ、明日のために全身をトリートメントして磨いてもらった。

ブライダルエステ終了後は、ホテルのレストランで葉月と待ち合わせをしている。姉妹ふたりだけの外食は久しぶりだった。

メイクを済ませて、スマホを確認すると、葉月からメールが入っていた。

「もうレストランにいるんだ」

待たせるのが嫌いなわたしはバッグを持ち、急いでロッカールームを出る。深緑色の絨毯《じゅうたん》が敷かれた廊下を進み、入り口にある受付でロッカーのカギをスタッフに渡してその場をあとにした。

エステサロンのある三階からエレベーターに乗って、十五階のイタリアンレストランへ向かう。

「花菜！」

レストランの支配人に案内されるわたしの姿を認めた葉月が手を振る。

「早かったんだね」

カシュクール風の白のトップスに黒のパンツ姿の葉月は、シンプルな服装でも、華がある。

今日のわたしの服はグレイのニットのワンピース。

「おーっ、さすが磨いてきただけのことはあるね。光り輝くようだわ」

席につくわたしに葉月は笑って言う。

「もうっ、からかうのはやめてよね」

「だって本当のことだし。花菜は京平と付き合うようになってから、すごく綺麗になったよ」

「はい。はい」

葉月のからかいを受け流しながら、手元のメニューへ視線を落とす。

「もう決めた？　なににしようかな……」

ランチコースを頼むことにしたわたしたちは、パスタをどれにしようか迷ってしまう。

「醤油ベースの、そう、それにした。トマトソースだと跳ねが怖いから」

わたしが指さした、きのこたっぷりの和風パスタに葉月は頷く。

実はトマトソース系が大好きな姉妹だ。

「わたしも……跳ねたら怖いな」

　グレイのニットだから、洗濯が……。

「葉月と同じのにする」

　とりあえず双子のわたしたちは見かけや性格はまったく違うけれど、ふいにぴったり合うときがある。

　店のスタッフにオーダーした葉月は、グラスを引き寄せて水を飲む。

「あれ？　ワイン飲まないの？」

　わたしと違って、お酒が強い葉月だ。

　彼女は首を横に振る。

「今日と明日は、花菜の運転手兼付き添いになるんだから」

　ここまで車で来たようだ。

「ありがとう。葉月」

　結婚後も、こうやって頻繁に会えるにしても、実家で一緒に暮らしている今のようにはいかない。

　彼女がいない生活は寂しいだろうな。葉月もきっとそう思ってくれているはず。

「そういえば、花菜、ドライビングスクール決めたの？」

「まだ。でも、二月後半から通い始めたいなと思ってる」

「会社か自宅に近いほうがいいね。花菜の運転でドライブ、楽しみにしてる」

「いつになるか……気長に待ってて」

わたしは葉月に微笑んだ。

結婚後も働くから、仕事のほうで手いっぱいになって、通うのもままならないかもしれないと、少し不安だった。

「京平は今日も仕事？」

「そう。結婚式前日だっていうのに忙しいみたい」

一月二十日からハネムーンに行くから、それまでに片付けなきゃいけない仕事が山積みだそう。でも、結婚式が終われば毎日一緒にいられるから、こうして寂しい思いをするのも今だけだ。

グラスの水をひと口飲む。爪は先ほど施術《せじゅつ》してもらった桜色のフレンチネイルが艶やかに光っている。

そこへ前菜が運ばれてきて、わたしたちは食べ始めた。

ホテルを出て、老舗デパートに寄ってもらい、お母さんが好きな和菓子を買って帰宅すると夕方だった。

和菓子は二セット買っており、ひとつは高宮家へ持っていった。

夕食後、自室の小さなテーブルで、真っ白な便箋をジッと見つめていた。

結婚式を明日に控えて、披露宴の最後に読む両親への手紙の用意がまだだった。

書こうと思っても、両親と過ごした今までのことを考えると、目頭が熱くなってしまい、今日まで延びてしまった。

でも明日が結婚式。書かなきゃ……。

そう思っても、ペンは動かない。

わたしの口から大きなため息が漏れる。

どうしよう……明日なのに……。

困っているところへ、ドアがノックされて葉月が入ってきた。

「ちょっと！　花菜っ、どうして泣いてるの⁉」

グスッと涙をすするわたしの横に座った葉月は、首を傾げる。

「は……づき……」

「なにがそんなに悲しいの？　京平と喧嘩でもした？」

「違うの……。披露宴で読む両親への感謝の手紙が書けないの。今までのことを、いろいろ思い出していたら、涙が……」

泣いている理由に葉月はホッと愁眉《しゅうび》を開く。

「そんなこと。もう明日だよ？　さっさと書いちゃいなよ。こんな間際になって。花菜らしくないね？」

真面目な性格のわたしは、宿題などは早くに終わらせるタイプだ。

「ずっと書こうと思っていたんだけど……。それができれば苦労しないの……」

ティッシュで涙を拭きながら、簡単に言う葉月にため息をつく。

「でも、今たくさん泣いたら、明日困るでしょ？　腫れた目になりたくなかったら、今すぐ泣きやまなきゃ！」

葉月にビシッと言われるも、泣けてくるし、書けないし、困り果てる。こんなことをここ数日、何回もやっていた。

そんなわたしの様子に、一度部屋から出ていった葉月は濡れタオルと冷却剤を持って戻ってきた。

「ほら、当てて。明日腫れてていいの？」

葉月はわたしの目に濡れタオルを押しつける。

「ありがとう……」

そこへインターホンが鳴り、すぐに階下から、お母さんの大きな声が聞こえてきた。

「花菜ー！　京平くんがいらしたわよぉー」

その声のあと、階段をトントントンと、軽やかに上がる音がする。

「入るぞ」

ドアをノックし、顔を覗かせる京平に葉月が挨拶する。

「京平、いらっしゃい」

「葉月もいたんだ。って、花菜、どうして泣いているんだ？」

タオルからほんの少し覗かせた目だけで泣いていたのがバレてしまった。

いや、タオルを目に当てているんだから、すぐにわかるよね。

「京平……」

彼は、クリーム色のニットとカーキ色のスリムなパンツ姿だった。ニットの袖を肘のあたりまでまくり上げていて、男らしく精悍だ。

手に持っていたコートを端に置いた京平に、葉月がすっくと立ち上がって言う。

「京平に任せたから」

葉月は部屋から出ていき、京平はわたしの隣に腰を下ろしてあぐらをかく。

「花菜、どうした？」

わたしのウエストに京平の腕が回って、ぴったりと引き寄せられた。そして髪に唇があてられる。

「……明日の、披露宴で読む感謝の手紙を……考えていたら、無性に寂しくなって……」

「そういうことか……」

京平はテーブルの上のなにも書かれていない便箋を見て、納得したように頷く。

「……ちょっと外に出ようか。散歩しよう」

「えっ？　散歩？　手紙書かなきゃ……時間が……」

「いいから」

京平が立ち上がり、わたしに手を差し出す。とっさに涙を拭いたわたしは反射的にその手を取り、立たせられる。

「でも、散歩って、もう遅い時間だよ？」

時刻は二十二時を回っていた。

「ああ。気分転換に。それと、ここにいたら泣いたお前を抱きたくなる」

ふいの甘い言葉に、わたしの顔がかあっと熱くなる。

そのせいで、げんきんなことに、今までの寂しい思いがフッと消えていく。

「コートは？　暖かくしないとな。明日熱でも出たら大変だ」

わたしはクローゼットを開けた。数着しか残していないクローゼットはガランとしていた。

暖かいカシミアのコートを羽織っていると、京平はチェストの上にあるわたしのマフラーと手袋を手にする。そしてマフラーをわたしの首にグルグルと二回巻き、手袋をはめてくれる。

頬の半分までマフラーで埋まった。全然おしゃれじゃないけど。

「京平、毎日マフラーと手袋つけてくれる？」

大好きな人に世話を焼かれるのが嬉しくて、聞いてみる。

「調子に乗るなよ」

京平は不敵に笑いながら、わたしの頬を摘まむ。

「だって……」

「時間のあるときはやってやるよ。大事な奥さま。行くぞ」

京平もコートを羽織って、わたしの部屋を出た。

階下に下りると、お母さんが甘酒を持ってくるところだった。

「あら？　出掛けるの？」

「少し散歩に出てきます。甘酒美味しそうですね。戻ってきたらいただいていいですか？　そんなに時間はかかりません」

京平がわたしより先にお母さんに答える。

「ええ。もちろんよ。いってらっしゃい」

お母さんに見送られて、わたしたちは外に出た。

京平は手袋をしているわたしの手を、ぎゅっと握る。彼は手袋をしていない。そしてわたしの握られた手は、京平のコートのポケットに入れられた。

最寄駅からそれほど離れていないけど、冬のこの時間は人通りがない。

歩いていると、小さい頃、おばあちゃんに毎日のように連れてきてもらった公園が見えてきた。公園は駅と反対方向にあって、普段はめったに通らないから、懐かしさがこみ上げてきた。

「京平、公園の中へ入ろうよ。すごく久しぶり」

「そうだな。行こうか」

マフラーをしていない京平が話すたびに、白い息が見える。

夜の公園はひとりだったら横を通るのも怖いけど、京平がついていてくれるからそんな気持ちもどこかへ行ってしまう。

遊具が五種類ほどしか置いていない小さな公園だけど、小さい頃は広く感じていたなとふと思った。

そしていつもベンチで見守ってくれていたおばあちゃんを思い出す。

「京平、覚えてる？　あのベンチにおばあちゃんが座って、わたしたちを見ていてくれたこと」

小学校の頃までは、わたしたちは毎日のように一緒に遊んでいた。葉月や遼平くんもいたから、おばあちゃんは四人の暴れる小学生の面倒を見ていてくれたのだ。

「ああ。優しいおばあさんだった」

賢くて弟思いの京平は、おばあちゃんのお気に入りだった。そんな京平とわたしの結婚を、生きていたら一番喜んでくれたはず。

あ……また、おばあちゃんを思い出して、涙腺が決壊しそう……。

「花菜、座ろう」

京平はそのベンチにわたしを座らせ、隣に腰を下ろす。そしてわたしの肩に腕を回した。

「披露宴で読むつもりだった手紙は、書かなくていいんじゃないか？　ご両親にはあとで直接、感謝の気持ちを伝えればいい。目を腫らしても大丈夫な日にな」

「えっ……？」

「その様子じゃ、書けたとしても号泣して読めないだろう？　一生に一度の大事な日だ。最悪な顔を写真やビデオに残してもいいのか？　花菜にはずっと笑っていてもらいたい」

引き寄せられ、まぶたに唇が触れた。ゆっくり鼻、頬へ移動していく。そして、唇が食むように甘く塞《ふさ》がれ、すぐに離れる。

「自分がこんなになるとは思ってもみなかったの……もっと強いかと……お母さんたちのことを考えたら、寂しくなっちゃって……」

「お前は感受性が強くて、優しいんだよ。ほら、また瞳が潤み始めた。泣くなよ」

頭に手が置かれ、軽くポンポンと叩かれた。

「結婚式前日って、すごくナーバスになっちゃうんだね」

泣かないように口にして、京平に微笑む。

「寂しいと思う気持ちは、大事に育てられた証拠だよな。花菜、俺たちは遠くに行くわけじゃない。頻繁に会えるし、休日には泊まりに来ればいい」

「わかってる……ごめん……マリッジブルーなのかな……」

わたしの言葉に、髪をゆっくり撫でてくれていた手がピクッと止まる。

「マリッジブルー？　俺との結婚生活に不安があるのか？」

静かに聞かれて、わたしはハッとなって京平に顔を向ける。

「な、ないよ。そういうんじゃなくて……」

「花菜、俺はお前を愛している。幸せにできるのは俺しかいないと思ってる」

京平はわたしの両頬に手を当てて、おでこにキスを落とす。

「わたしも京平を幸せにしたい」

「もちろん。わかってる。これから楽しいときを一緒に過ごして、年を重ねていこう。いよいよ明日だな」

わたしはコクッと頷いた。

「そういえば、花菜の肌が艶々してる」

京平はわたしの頬を何度もさするようにして触る。

「わかるの？」

「ああ。あ、エステか」

京平は今日のわたしのスケジュールを思い出したようだ。

「うん。最後のブライダルエステ。終わったあと、葉月とランチしたの」

「最後と言わず、定期的に行けば？　女って、そういうところ好きなんだろう？」

「ええっ？　い、いいよ。忙しいし、お金がもったいないし」

わたしは首を大きく横に振る。

「お金？　お前、誰に言ってんの？　それくらい俺が出せないとでも？」

「ち、違うよ。そんなこと思っていないよ。いくらエステに通っても美人にはなれないんだよ？」

そう言うと、京平がゲラゲラ笑い出す。

「どうして笑うのっ？」

「いつ美人になれって言ったんだよ。花菜は美人に負けないくらいかわいいんだよ」

「京平……」

京平の気持ちを聞いて、頬が緩むのを止められない。

「お前の肌が磨かれたら、触り心地ももっとよくなるだろ。だから全身磨いてほしい」

「もうっ！　エッチっ！　いつものわたしの肌がダメみたいじゃないっ」

わたしは京平を睨んで頬を膨らませる。

「だから、そんなこと言ってないだろ？　今でもお前の肌はずっと触れていたくなるくらい気持ちいいからな。でも、もっと磨かれたら」

「磨かれたら……？」

「ずっと、ベッドルームから出さないな」

「やっぱりエッチっ！」

そう言いつつも、京平らしくて、笑ってしまう。

「そんな俺が嫌だって言うのか？」

わたしはジッと京平を見つめて、自分から彼の唇に顔を近づけた。唇が触れ合う寸前で止める。

「……ううん。どんな京平でも大好き。明日が待ち遠しいな。早く京平の奥さんになりたい」

「ああ。これからもよろしくな。大事な俺の奥さん」

微笑みを浮かべたわたしは、京平の形のいい唇に口づけをした。

END

Quiet LOVE

西ナナヲ

The eve marriage

Anthology

目覚ましは六時五十五分にセットしている。

七時ちょうどじゃないことに意義がある。この五分が大事。起きるべき時刻より少し早く起きた自分を毎朝ほめてあげられるから。

セミダブルサイズのベッドは、私ではないもうひとりのおかげで、私の体温よりも温まっている。片方の肩を私に貸した格好で眠っていた彼は、私が身体《からだ》を起こすと、ふーっと息をついて寝返りを打ち、こちら側を向いた。

さらっと額の上を流れる黒い髪。一重まぶたのさっぱりした顔立ちは、眠っていてさえ涼しげだ。有村真人《ありむらまさと》は目を閉じたまま、寝ぼけた声でつぶやいた。

「あいたら起こして」

言い終えると、すりつけるように枕に顔をうずめる。〝あいたら〟というのはシャワーのことだ。うん、と返事をして寝室を出た。

1LDKのマンションの部屋は、夜の間にすっかり冷えきっている。バスルームまでの少しの距離ですら耐えがたく、通りすがりにリビングのソファからふわふわのカーディガンを取って羽織った。

習慣で、キッチンカウンターの上の日めくりカレンダーに手が伸びる。お互いひとり暮らしだった私たちがこの部屋で生活をはじめたとき、真人に『ばあちゃんちみたい』と笑われたカレンダーだ。

残り少なくなった日付の紙を破り取ると、今日が現れた。

十二月七日、金曜日。

私と真人の、独身最後の日。


「おはようございます」

「あれ？　三上《みかみ》ちゃんが来たよ。おはよー」

出社するなり、先輩の理沙子《りさこ》さんがからかいの口調で言った。毎日ヘアスタイルもメイクも違うのに、出社も早いのがすごい。

私はデスクのキャスターの横にバッグをかけ、身体をほうり投げるようにして腰を下ろした。通勤ラッシュは心身ともにすり減る。

「来ますよ、仕事があるんですから」

「だって明日結婚式でしょ？　ていうか入籍でしょ？　今日はてっきり休むのかと」

「午後休だけ申請は出してるんですが……、帰れたら、ですね」

ノートPCを開き、電源を入れる。起動するまでの一瞬の間、真っ暗なモニタに自分の姿が映った。小づくりの、これといって褒め称える箇所のない顔。この顔で憂鬱になったこともないけれど、得をした記憶もない。唯一うらやましがられるのは色白という点だ。当人からするとべつにいいことでもなく、にきびやそばかすが目立って不利だと思いながら生きてきた。

中肉中背、地方の公立高校から東京の私大に進んだオーソドックスな経歴。肌だけは挙式に向けて先日生まれてはじめてエステというものに行ってきたため、一時的にぴかぴかしている。ようするに、普通の女だ。

壁の時計に目をやった。海外営業部の約八十名が働いているフロア。二か所にあるドアのうち、こちらから遠いほうが開いた。

入ってきたのはやっぱり真人だった。

まだ始業前の今、みんな煙草を吸いに行ったりドリンクを買いに行ったり、気楽にあたりを漂っている。真人もそのうちのひとりに声をかけられ、愛想よく応じながらフロアの中央にある自分の席に向かった。

部署間の風通しをよくするという目的で、オフィスにあるキャビネットはすべて背が低く、少し腰を浮かせるだけでフロアが一望できるくらい開放感がある。

私は真人を視界の隅で追った。長身というほどでもないけれど、気づけば彼より背の高い人をあまり知らない。やがて彼は席につき、見えなくなった。

顔を正面に戻すと、半端に伸びた前髪が目にかかった。ウェディングドレスに合わせてアップスタイルにするため、ショートボブだったのをこの半年、なんとか伸ばし続けてきたのだ。明日が済んだら可及的速やかに、さっぱり切ってしまいたい。

理沙子さんが「見て見て」と手をひらひらさせた。昨日までのネイルと違う。

「すごい、きれいですねえ。もしかして明日のために？」

「そうだよー、ドレスに合わせてやってもらったの！　自分の結婚式じゃないけど、ついこういうとこで遊んじゃうのは女子の性《さが》だよね」

「そうやって楽しんでいただけたほうが、こちらもうれしいです」

ゴールドと黒でデザインされた爪を動かしながら、理沙子さんがにこっと笑った。

披露宴には課の全員を招待している。すなわち理沙子さんも参列する。

休日を使わせて、ご祝儀も包んでもらって、女性の場合は衣装やヘアメイクにもあれこれ手間とお金がかかることを経験上知っている。ぜひ自分のためにも楽しんでもらいたい。そのほうが気が楽だ。

「理沙子さん、ご自分の結婚式、おぼえてます？」

「おぼえてるよー。今思えば、あれが人生のピークだったよね」

何気ない言葉だったけれど、ぎくっとした。理沙子さんは爪をなでながら、「いい一日だよー」と当時を懐かしんでいる。

「メイクさんとアテンドさんがつきっきりで、ちょっと動くたびドレスのすそとかリップとか、ささっと直してくれるわけ。気分はもう女優だよね」

「結婚されたの、いつでしたっけ」

「三上ちゃんとちょうど同じだよ。二十七歳のとき。もう七年前か」

よく旦那さんに対する文句を口にしてはいるものの、七年間も結婚生活が続いているのだから、すなわち円満なんだろう、たぶん……。

頭の中に、もやもやと灰色の雲が広がりはじめる。私の人生のピークは、もしかしたら明日。その後は少なくとも、三十四歳になるまで上がらないかもしれない。いや、そんなの人それぞれだし、理沙子さんだって円満だからこその軽口なんだろうし……。やめよう。気分を変えるため、コーヒーを買ってくることにした。まだ始業までは少しある。理沙子さんに断って席を立ち、フロアを出た。

海外営業部のある七階から二フロア下りた先が、受付や会議室のある階だ。そこにはコミュニティブースと呼ばれるフリースペースがあり、一角がスタンドスタイルのカフェになっている。

コーヒーを買おうとカウンターに向かったら、先客がいた。彼女は足音に反応して振り返り、「おー、舞香《まいか》!」と顔をほころばせた。同期の橋本《はしもと》由有《ゆう》だ。

「おはよ。見て、明日着るワンピとおそろいのネイル」

理沙子さんと同じことをしている。けれどネイルのデザインはまったく違った。由有のはパールの入ったかわいらしいピンクベージュだ。小柄で丸顔の由有は、彼女の雰囲気に合った優しい色味のワンピースを着るんだろう。

由有がカフェオレを受け取るのと入れ違いに、私はスタッフの女性にブレンドコーヒーを注文した。彼女の背後で抽出用のマシンが唸りはじめる。由有がカフェオレをすすりながら、親指を立てた。

「二次会の準備も完璧だよ、絶対盛り上げるからまかせて」

「ありがとう、ほんと」

「いやいや。有村くんの友だちとの出会いに本気で期待してるから」

私は以前会ったことのある真人の友だちを思い浮かべ、「う、うん」と口ごもった。

地方の男子校育ちである真人は、会社でこそ海外の取引先と折衝するバリバリの営業マンだけれど、根は物静かで勉強好きの無口な男子だ。大学の同期含め、友だちもみんなそんな感じで、研究職や専門職についている人が多い。由有の好みである〝サービス精神のあるイケメン〟とは少し違うかもしれない……。

私のコーヒーができあがった。断熱の紙コップに入ったコーヒーを受け取り、廊下に向かう。ドアを押し開けたら、「わっ」という声が廊下側から聞こえた。どうやら人がいたらしい。あやうくドアをぶつけてしまうところだった。

慌てて「すみません」と言いかけて、相手が真人だったことに気づいた。

「なんだ、真人か」

つい正直に胸をなでおろした私に、真人は「なんだ、舞香か」と同じ調子で返してきた。そして私のうしろにいた由有に気づき、はっと気恥ずかしそうに表情を変え、小声で「言えよ」と理不尽な文句をつぶやいた。

同期の前では私を〝三上〟と苗字で呼ぶのだ。つきあう前、そうだったように。私も同じく、由有以外の人の前では〝有村くん〟と呼ぶから、気まずさはよくわかる。とはいえ今の状況でどうやって〝言え〟ばよかったのか。

案の定、しっかり聞いていた由有はにやりと顔をゆがめた。

「いいねー、新婚」

「まだしてない」

言い返した言葉は、私と真人で完全に重なった。お互い、〝結婚〟という言葉を避けたところまで同じだ。真人は居心地悪そうに口をつぐみ、私たちから離れようとしたところで「橋本」と振り返った。

「二次会、頼む。手間かけるけど」

由有が再び、雄々しく親指を立ててみせる。

「同期ふたりの結婚に、のんきに参列だけしてるわけにいかないからね」

真人はふっと目元を緩め、「じゃ」と聞こえるか聞こえないかの声で言うと、コミュニティブースの中の会議エリアへ消えていった。

由有が感心したような声で言う。

「相変わらずクールっていうか、静かだよね。家でもああなの?」

「うん……どうだろう?」

首をひねる私に、由有が「どうだろうってどうなの」と顔をしかめる。

「一緒に暮らしててわからないわけ?」

「暮らしてるからこそわからないというか」

もとから口数の少ない真人は、家でもあまりしゃべらない。だけど今みたいな場面を見るかぎり、家のほうがまだ言葉を発している気がしなくもない。それは会社と家という環境の違いの問題なのか、それとも由有と私という相手の違いの問題なのか。

あれこれ考えて答えを出せずにいるうちに、由有が肩をすくめた。

「近すぎると、そんなものかもね」

そうかもしれない。私はあいまいにうなずいた。

由有も含め、私と真人は同期だ。工場の従業員も入れると、この発動機メーカーの新入社員は毎年八十名ほど。そのうち十名ほどが東京本社に配属されることになる。ちなみに発動機とはエンジンのことだ。カートやスノーモービル、建設機械など、世界中でうちの製品が使われている。

真人と私は偶然にも同じ海外営業部に配属され、さらに偶然、研修時代からそれなりに仲がよかった。

私のいる営業支援課と真人のいる営業課は協力関係にある。とはいえ恒常的にタッグを組むわけじゃない。必要に応じて担当者同士が連携したり、合同のチームがつくられたりする感じだ。

そんなふたつの部署の一員として、私たちはたびたび顔を合わせたり、たまに一緒に仕事をしたりして新人時代から育った。

『週末、彼氏と一緒にいたって聞いたけど、ほんと?』

二年目に入ったある日、真人がいつもの調子で、なんでもなさそうな感じに聞いてきた。同期の数人で仕事終わりに飲んだ帰り、駅まで向かう途中、ふとほかのメンバーから距離が開き、ふたりだけの会話になったときのことだった。

私は心当たりがあったから、笑った。

『それ、違うの! 大学の友だちで、背が高くてすっごいボーイッシュな女の子なんだよ。映画を観に行ったら、たまたま理沙子さんに遭遇しちゃって』

週明け、会社でおもしろおかしく広められたのだ。

私はその友人が学生時代からいかによく男子に間違われ、本人もそれを楽しんできたかを続けて語ろうとした。だけど真人からじっと見つめられていることに気づき、言葉を飲み込んだ。

『なんだ』

彼はそう言って、ほっとため息をついた。

『よかった』

続くその声は、独り言のようでもあり、私にはっきり聞かせるためのもののようにも聞こえた。事実、私は聞き逃さなかったし、真人の瞳は、そのことを確かめているみたいに私を見据えていた。

なにを言えばいいかわからずに並んで歩くうち、地下鉄の駅に着いた。

メンバーの半分は同じ地下鉄でも方向が逆なので、入り口が道路の反対側にある。私と真人はお互い逆方向だった。

道路を横断する同期たちに追いつくべく、足を速めながら真人は私を振り返った。

『そういうことだから』

どういうことだから?

聞き返す前に、彼はもう道路の向こう側だった。

翌日から、真人は目に見えて私にかまうようになった。もともと同期の中でも、私たちはよく話すほうだった。真人と一番仲がいいのは溝口《みぞぐち》くんという同期だ。余談ながら彼は明日の二次会で由有と一緒に司会をしてくれる。私はおそらく、彼に次いで、真人が自分から話しかけることの多い相手だったと思う。

それが『そういうことだから』以降、加速した。飲み会があれば『三上は行く?』と直球で聞いてくるし、カフェで顔を合わせれば無言でコーヒー代を出してくれるし、シュレッダーのごみ出し当番は代わってくれるし、重い荷物は持ってくれる。

転機はその〝重い荷物〟のときに訪れた。

私は支援課が管理している文書の整理を担当していた。十年近く前に行われたという本社移転。そのとき以来開封もされていないであろう、山のような書類。仕分けをしてファイリングして、不要なものは機密の度合いによって廃棄の方法を決める。

地下の倉庫と七階の支援課を、書類を入れた段ボール箱を持って何往復もした。その途中で真人に会った。

うしろから追いついてきた真人は、いつものように無言で私の手から箱を取り上げると、地下の廃棄物倉庫まで一緒に運んでくれた。

『有村くん、急に親切になったよね……』

決められた棚に段ボール箱をおさめ、手をぱんぱんとはたきながら、真人はこちらを見た。『そういうことだから』から二週間くらいたっていた。

『そんな、俺が前は親切じゃなかったみたいな』

『そういう意味じゃないけど』

『冗談だよ』

季節は初夏で、真人はワイシャツ姿だった。今もよくやっているように、腕まくりをして、赤いネクタイをピンで留めていた。

『ポイント稼ぎと、いい奴アピールだよ。決まってるだろ』

私はぽかんとした。照れるでもなく言いよどむでもなく平然と言ってのけた彼は、ここでようやく、困惑のようなものを顔に浮かべた。

『わかりにくかった?』

『ええと、そういうわけじゃ……』

ふと真人が、私の頭の上に目をとめた。そこに向けて手を伸ばしてきたので、私は思わず一歩あとずさった。パンプスのかかとが棚の脚にぶつかって音を立てた。

真人はびっくりしたように目を見開き、ぱっと手を引っ込めた。それから自分の頭を指さして、『埃がついてる』と教える。

とっさに髪に手をやると、綿ゴミが取れた。私は申し訳なくなった。

『あの、ごめんね』

『え……』

真人が目に見えて顔色を失ったので、言葉を間違えたことを悟る。

『お、お断りしてるわけじゃなくて、今、手をよけちゃって、ごめんっていう』

『ああ』

『びっくりしただけなの』

私の言い訳を疑う様子もなく、真人はこくんとうなずき、首をかしげた。

『俺は、可能性はある?』

唖然とするほど率直な問いかけだった。

『わからないんだよね、こういうときにどうしたらいいか。やりすぎてたら教えて』

軽く眉をひそめる表情から読み取れた。彼は本気で困っているのだ。本気で、私にいい人だと思われたくて、ポイントを稼ごうとしているのだ。

裏表がなくて、見栄とかプライドに振り回されることもなくて、いつも静かに自然体でいられる人だと思っていた。その印象はこのとき、とても強まった。話すと案外話題は豊富で、言葉少なにおもしろい話や驚くようなエピソードを聞かせてくれる。

『……どうして私なの?』

騒がれるタイプではないけれど、真人は人気があった。だれも悪者にしない仕事ぶりは社内外から好かれたし、粘り強く、ときに大胆に行動して確実に成果を出す手腕は頼りにされた。私以外にも選択肢なんてたくさんあるはずなのに。

真人は不意を突かれたような顔で『どうして?』とくり返し、困惑の表情を深めた。

『三上のどこが好きかってこと?』

『え、う……うん、そう』

いきなり〝好き〟という言葉が飛び出し、動揺する私をよそに、真人は佇《たたず》んだまま難しい顔で、『うーん……』と悩んでいる。

『これって挙げるの、難しいんだけど』

『あの、今じゃなくても』

『積み重ねなんだよね』

え、と目をしばたたいた私に、真人は突然、それまでの訥々《とつとつ》とした口調が嘘だったかのようにしゃべりはじめた。

『三上がくれる資料がいつも、読む順番がわかるようにファイル名が編集されてることに気づいたときとか、ごみ箱が見つからなくて、使ったティッシュをバッグに入れるところを見たときとか』

『あ、あの』

『飲み会で追加注文するとき、隣の奴にもメニューを見せるのを忘れないところとか、でも全体に声をかけるまではしないところとか、言ってくと引くくらい細かいことの、積み重ね。そういうのって、わからない？　俺だけ？』

ひと息にそこまで言うと、くたびれたのかふうと息をついて、思い出したように、『あと普通に、外見とか声も好きだよ』とつけ足した。

埃っぽい倉庫に、沈黙が下りた。真人はじっとこちらを見つめ、私がなにか言うのを待っていた。急《せ》かすでもなく、期待を見せるでもなく。自分は言うだけ言ったから、次は私のターン、とただ待っている。

そういうところだよ。

声がのどの奥でつっかえた。思いが強すぎると、言葉は渋滞する。

わかるよ。だって私もまったく同じだから。

気づいたよ。私の中にも積み重なってた。

あなたのことが、こんなに。


慌てて自席に戻ったときには、始業一分前だった。

つい由有との立ち話に時間を忘れてしまった。すべり込むように席についてから、隣の席がまだ空っぽなことに気づいた。

私の目がそちらに向いたのを見ていたのか、対面から理沙子さんがささやく。

「局《つぼね》さんなら、課長と会議室だよ」

「あっ、そうなんですね」

よく見たら、デスクの下にバッグがある。ＰＣはきっちり閉じられているし、整理整頓の行き届いたデスクだから、人のいる気配がないのだ。

局さんはベテランの女性社員だ。私とはひと回り以上違い、もはや先輩と呼ぶのもおこがましい。黒い髪をいつもきっちりひとつにまとめ、化粧っ気のない顔に無機質な金縁《ぶち》の眼鏡をかけている。女性はスーツ着用の義務がなく、自由な服装の人が多い中、決まってグレーのスーツに白いシャツだ。パンツだったりスカートだったりというバリエーションはあるものの、もはや彼女の制服と言っていいほど生真面目に、毎日同じ印象の格好をしてくる。

ちなみに局というのはあだ名じゃない。お名前が〝局みゆき〟さんなのだ。

「三上ちゃんが出社済みってことは、さりげなくアピールしておいたから！」

「あはは、ありがとうございます」

「厳しいからねー、あの人。三上ちゃんが結婚したら、この部署で唯一の未婚じゃない？　当たりがきつくなったりしたらSOS出しなよ！」

そのとき、理沙子さんの背後の会議室のドアが開いた。私のアイコンタクトをすばやく読み取り、理沙子さんが口を閉じる。

自席に向かう課長と別れ、局さんがきびきびした足取りでやってきた。

「堂島《どうじま》さん、すみませんが昨日提出なさった購買依頼書の再提出をお願いします。古いフォーマットの有効期限は今月までですので」

「つまり今はまだ有効ってことですよね？」

理沙子さんが抵抗する。局さんは表情を変えず、淡々と言った。

「問題はそこではありません。業務フローの刷新に対応できず、新旧のフォーマットを併用している煩雑な体制が問題なのです。お願いします」

やりとりはそこで終わったものの、理沙子さんの不満がじんわり伝わってきた。

お昼が近づくにつれ、帰れないかもという予感は確信に変わった。仕事が終わらない。仕方ない、金曜日の午後休という計画自体に無理があったのだ。

午後休には早々に見切りをつけ、フレックスに望みをつなぐことにした。この会社は最大二時間のフレックス利用が許されている。使うのは朝でも帰りでもいい。すなわち最速で十六時に退社することができる。

十一時五十五分。昼休憩を告げるチャイムが鳴った。十二時でなく、五分前。この時間に休憩時間を設定した人とはきっと気が合う。

局さんはぴたりと仕事の手を止め、ＰＣを閉じてすっくと立ち上がり、いつもどおり、いの一番にフロアを出ていった。それを見送ってから、理沙子さんがバッグから長財布を取り出す。

「三上ちゃん、お昼どうする？」

「きりのいいところまでやっちゃいたいので」

「ていうか午後休は？」

私は肩を落とした。

「あきらめ気味です」

「ちょっとー。花嫁でしょ？　はやく帰りなよ、仕事ならやっておくから」

「ありがとうございます……」

そこに「理沙子ー」と営業課の女性がやってきた。理沙子さんの同期だ。私もよく仕事でお世話になる。

「あっ、三上さん、結婚おめでとう」

「聞いてよ、この子明日挙式なのに、会社来てるの！　かわいそうすぎる」

「えー、明日なの⁉　仕事なんか理沙子に押しつけて、とっとと帰らなきゃ！」

はい、と小さくなって答えた。これは一刻も早く帰らないと、周りに気を使わせる。

「でも、あれだね、今後は旦那の愚痴大会に招待できるね。なんなら義母編にも」

「だよねー、溜まったらランチで吐き出そ！」

私があいまいに微笑《ほほえ》んでいる間に、仲のいいふたりは連れ立って、どのお店に行くか検討しながら出ていった。

昼休みは社内が消灯される。外は晴れているとはいえ、オフィスの中ほどまでは光は届かない。薄暗いフロアで、モニタの明かりを頼りに黙々と仕事を続けた。

「おい」

ふいに声をかけられ、はっとした。横に真人が立っていた。

いつの間にか集中していたらしく、時間の感覚がない。モニタの隅を見たら、二十分ほど経過していた。

「昼、行かないの？」

珍しい、真人が私をランチに誘うなんて。結婚を公表してからはタイミングが合えば一緒に食べることもあるけれど、たいていお互い、ほかのだれかと行動している。そして公表するまでは、私たちは同期にすらつきあいを隠していた。知っていたのは由有と溝口くんだけだ。

「これ終わらせたら買ってこようと思ってて」

「待ってるから、食堂で食おうぜ。あとどのくらい？」

「もう終わるとこ」

スラックスのポケットに両手を入れ、こちらを見もせずに真人がうなずく。私がこういうとき、面倒がってろくなものを食べないことを知っているのだ。時間に追われてまでスプーンやお箸を使った食事をしたいとは思わないから、エネルギー補給のゼリーをふたつばかりおなかに入れて済ませたりする。

私は残りの作業をさっと片づけ、真人とフロアを出た。

オフィスビルの最上階にある食堂は安くておいしいのだけれど、騒々しさとメニューのそっけなさと、客席の回転が速く落ち着かないことなどから、私をはじめ女性社員は敬遠しがちだ。

「サラダバーができたって聞いてたんだけど……」

「不人気すぎてとっくに撤去されたよ」

そうなのか。男性のメタボ緩和と女性の取り込みが目的だったはずなんだけれど、どちらも失敗に終わったということか。

定食のトレーを手に、窓際の席を取る。周囲の建物より少し高めのこのビルからは、広々とした東京の空が見渡せる。冬らしい、薄いブルーの空だ。

「今日、午後休とるって言ってなかった？　仕事、うまくいってないの？」

「え？　あ、ううん、大丈夫。作業量を読み違えてただけ」

大盛りの唐揚げ定食を食べながら、真人は「そっか」とうなずいた。

真人に午後休の話をした記憶がなかったので、彼が知っていたことに驚いた。なにかの話のついでに言ったのかもしれない。

窓越しの日差しが、柔らかく彼の顔を照らす。私はふと、もやもやしていた胸の内を打ち明けたくなった。

「あのね」

「うん?」

真人は一度も口を挟まず、黙々と食事を進めつつ私の話を聞いた。あと七年間は上がらない人生、今後誘われるらしい旦那及び姑《しゅうとめ》の愚痴大会。結婚していないというだけで別枠扱いされてしまう局さん。などなど。真人の返事は簡潔だった。

「女って大変だな」

気の毒そうな声ではあるものの、そこまで同情している様子でもない。まあ、同情を誘おうとしたわけじゃないけれど。

「男の人はそういうの、ないの?」

「あるよ。『ついに墓場行きか』とか言われたり、『嫁に主導権を握らせないためには最初が肝心だぞ』みたいなアドバイスをもらったり」

「あるんじゃない!」

「俺は気にならないし」

「えー……」

「うちはそういう感じじゃないです、って伝えて終わり」

なんでもないことみたいに言って、唐揚げに添えてあった葉生姜を、はいと今ごろ私のお皿に移す。真人は薬味系の味が得意じゃないのだ。

〝うち〟かあ……。その響きは悪くない。私たちはそういう単位で表すふたりになるのだ。一緒に暮らしながら、〝カップル〟とか〝恋人同士〟とか、使い慣れない言葉でしかくくれない関係が半端に思えていた。真人を〝彼氏〟と呼ぶのも、浮ついていて抵抗があった。そんな悩みからももう解放される。

「それで終われるのは男の人だからだよ。私はなかなか言えない」

「だったら、うまくやり過ごすしかないんじゃない？　べつにいいよ、まわりに合わせて俺の愚痴を言ってくれても」

「言いたくないからもやもやしてるの！」

「あ、愚痴自体はあるんだ？」

「ないよ！」

いつの間にか真人は食べ終えており、「あってもいいのに」と笑っている。

「自分は幸せだなんて、思っててもわざわざ言わない。だからネガティブな意見だけが出てくる。しょうがないよ」

「私に聞かせる必要があるのかなって思っちゃうの」

悪意がないのはわかる。だけど結婚することを課内に報告してからこっち、既婚者からのコメントはネガティブなものばかりだった。おめでとうと言っておきながら、誰ひとりとして〝結婚生活ってすてきだよ〟という内容を口にしない。自分たちがいかに幸せな夫婦か、その秘訣はなにか、教えてくれない。

結婚とは辛抱だ、忍耐だ、譲歩だ、妥協だ。私自身、期待もあれば不安もあるところにそんな声ばかり浴び、滅入っていた。

「それも一種の祝福なんだよ。いかにも日本的ではあるよね」

仕事柄、海外との交流も多い真人の端的な分析に、私は同意した。謙遜が美徳なのは否定しない。だけどそれを他人に押しつけるのは、冗談の下手な民族の悪癖だ。

考えごとでお箸が止まりがちになったのを、真人がちょいと指差して気づかせる。

「午後は早めに上がれよ、海外が稼働しはじめたら、ますます帰れなくなるよ」

「そうだった」

時差のおかげで、夕方になると欧州の取引先のやりとりが活発になる。なんとかそうなる前に退社のめどを立てよう。

真人は「コーヒー買ってきたら飲む？」と、翌日に結婚を控えているとは思えない自然体で、くつろぎきっている。

私は彼の、男の人らしいあっさりした価値観をあらためて好ましく思い、一方で、もやもやへの共感を得られなかったことをさみしくも感じた。

午後の業務がはじまった瞬間、局さんの顔がきゅっとこちらを向いた。

「なぜまだいるんです？　午後休の申請が出ていたと思いますけど」

びっくりしてしまった。

課長宛てに出した私の申請を彼女が把握していたことも驚きだし、昼休みの終わりから並んでPCを叩いていたにもかかわらず、業務時間に入るまで声をかけなかった律義さも、心打たれるレベルだったからだ。

まわりがどう言おうと、局さんは決して〝お局〟的な人ではないと私は思っている。人間味が薄くてとっつきにくいのはたしかだ。だけど理不尽でもなければ高圧的でもない。ましてや独身であることで揶揄《やゆ》されるいわれもない。

なんて、〝思っているだけ〟の私が、偉そうになんてできないけれど。

「あの、仕事が終わりそうにないので、あきらめようかと。すみません」

「三上さんがそれでいいのであれば、私に謝る必要はありません」

「可能なら、フレックスで帰らせていただこうと思って、申請中です」

彼女はもう必要な情報は手に入れたとばかり、軽いうなずきを返しただけで再びPCに向き直った。

自分がどう言われているか、知らないはずはないだろうに。弁明もしなければ媚《こ》びもしない。そんな潔さが、真人と似ている。

私が持っていないものだ。

手首の腕時計が目に入った。十三時過ぎ。本当なら今ごろネイルサロンにいるはずだった。昼休み中にキャンセルの連絡をしたら、ネイリストさんが『明日がブライダルですよね？』と驚いていた。

まあ、今の爪も無難なベージュだし、ウェディングドレスに合わないこともない。伸びていて若干みっともないけれど、気にする人なんて私以外にいないだろう。

それはいいとして、午後を使って明日の準備をしようと考えていたので、それが崩れるとなると無性にあせる。もうすぐ地元から両親が上京してくる。ホテルの場所はわかるだろうか。巨大な駅で迷っていないだろうか。

ほとんどを会場にお任せとはいえ、明日持参するものもけっこうある。レースのハンカチ、お色直し用の自前のドレス、靴、ドレス用の矯正下着。由有と溝口くんが作ってくれた映像のDVD……。

これまでいくつかの結婚式に参列してきたけれど、あの華やかな新郎新婦が舞台裏でこんな地味な苦労をしていたなんてまったく知らなかった。

友人たちからも、『明日楽しみにしてるよ』という内容のメッセージが次々に届いている。家で落ち着いて返信したい。でもどう返すのが正解かわからない。楽しみにしていて？　がんばるよ？　遠いところごめんね？

考えだすときりがないので、一度頭から全部追い出すことにした。

ああもう、結婚ってもっと、キラキラしていて幸せで、祝福の声に微笑みながら花の中に座っていればいいものだとばかり思っていた！

フロアの反対側の窓から西日が差し込んでいる。怖くて時計を見られないけれど、わかってしまう。おそらく十五時過ぎだ。

どうしよう、フレックスどころか、定時で帰るのも怪しくなってきた。いや、定時とか言っている場合ですらないかもしれない……。

「ええ、先日出していただいたのと同じ仕様のエンジンを一台、至急こちらに融通していただきたいんです」

理沙子さんの電話の声も切羽詰まっている。

トラブル発生だ。

「そうなんです、現地の通関で止まってしまって……いえ、それはもちろん申し訳なく思っているんですが」

私は理沙子さんの会話の雲行きが怪しそうなのを見て取り、サーバ上のフォルダをたどって、目当てのリストを開いた。彼女がため息とともに受話器を置く。

「ダメだ、工場の協力は望み薄」

「営業課の在庫の中から、同じものを探して譲ってもらいましょう」

「リストを持ってるの？」

私はうなずき、びっしり情報の書き込まれたファイルをソートし、要件にヒットするものを探した。なかなか見当たらず、手に冷たい汗がにじんでくる。

問題が発覚したのはついさっきだ。ノルウェーの取引先から、一週間前に届いているはずのエンジンがまだ来ない、来週には使うのに、と連絡があった。

課内は騒然とし、現状の把握に全員が走り回った。

結果、ミスや怠慢や不運が重なった結果だったことが判明した。輸送を新規の業者に任せたこと、課内の一部の人間しかその事実を把握していなかったこと、などなど。

輸出がうまくいっていないなんてだれも想像せず、業者からしかるべき報告もなく、ノルウェーの担当者もちょっとばかりのんきな人で、ぎりぎりになるまで大事な物品が未納であることを確認しなかった。こちらはなじみの取引先だから、問題があれば連絡してくるだろう、と高をくくっていた。

大勢がかかわっている輸出だから、だれが悪いとか言い出したところで意味はない。こういうことはある。改善すべき点もあるけれど、それを話しあうのはこの緊急事態を乗り切ってからだ。

だけど……とさすがに泣きたくなった。

なにも、今日じゃなくても。

「あった、ありました！　営業一課です。ラインオフが昨日だから……」

「まだどこにも輸送されていなければ、工場でピックアップできるね」

「私、一課にかけあってきます」

リストを出力し、席を立った。「三上ちゃんの案件じゃないのに、ごめんねー！」という理沙子さんの声を聴きながら複合機に駆け寄り、ひったくるようにしてプリントアウトを回収し、一課へ走る。一課は会社の最大市場であるカナダ・米国を受け持つ部署だ。真人のいるところでもある。

「支援課の在庫とトレードってこと?」

おしゃれな黒縁眼鏡をかけた粕谷《かすや》営業一課長が、私の渡したリストを検分しながら言う。三十代後半で課長職についた、スーパーエリートだ。話すだけで緊張する。そして明日は新郎側の主賓として、挨拶をしてくれることになっている。

そんなときに、こんなお願いをしなきゃならないなんて……。

「いえ、それが……」

真人が席にいなかっただけ幸いだ。自分を慰めつつ、私は事情を説明しようとした。そこに声がした。

「粕谷さん、俺も聞いていいですか」

振り向かなくてもわかった。真人だ。

粕谷さんは私越しに視線を投げ、「あー、そうか、婚約者だもんな、気になるか」と納得したように言った。その声に冷やかしの色はない。真人も当然のように、「なります」と答える。私の周囲との温度差に愕然とした。こんなナチュラルなの。

ふたりは「場所変えるか」とうなずきあい、私を促して、そばのフリーのテーブルを囲んだ。正方形のテーブルに私と粕谷さんが向きあい、間の辺に真人が座る形だ。

彼が向こう側に並ばなかったことが心強く感じた。真人もたぶんそれを狙った。

「輸出のトラブルがあり、納品予定のエンジンが現地の通関で止まっているんです。ふたとおりの解決策を進めています」

「通関との交渉と、新たなエンジンの輸送か」

続きを引き受けた真人に、粕谷さんもすぐに「そのダブルスタンバイしかないだろうな」とうなずく。私はふたりの反応に勇気をもらい、さらに説明した。

「支援課では代替のエンジンを持っていないんです。生産部門に相談しましたが、割り込みの生産は受け付けてもらえませんでした。それで……」

「うちのを譲ってくれと言うんだね。だがうちのエンジンも当然ながら、取引先への納品が決まっている。それはどうする？」

「今から正規の生産要望を出せば、一カ月でラインオフします。これを空輸します。輸送費用は支援課で負担させてください」

これしかない、と考えた提案だ。各国への納品は通常、貨物船を使う。カナダや米国であれば四十日ほどかかる。空輸なら五日間もあれば届く。ただし輸送費は十倍じゃきかないくらい跳ね上がる。

リストを眺めていた粕谷さんが、真人に視線を投げた。

「どうだ？」

「問題ないと思います。納品先との調整は俺がします。粕谷さんから先方の社長さんに一報入れていただけると助かるんですが」

「すぐ入れる。まあ向こうは何便で来ようが気にしないだろうしな。三上さん、この件は承知しました。一課でできるサポートがあればします。申し訳ないですが、社内書類はそちらでご用意ください」

あまりにとんとん拍子に話が進んだので、私のほうが置いていかれそうだった。まだここへきて五分もたっていない。

「は……はい。ありがとうございます」

「話は終わりでいいかな？」

「俺、確認したいことがあるんで、もう少しここ使わせてもらっていいですか」

真人の言葉に、「もちろん」とうなずいて、粕谷さんは自分の席へ戻っていった。

「……話、早いね」

「支援課はのんびりしてるからな。営業はだいたいこんな感じだよ」

これが前線部署との違いか……。支援課も緊迫感を持ってがんばっているつもりなんだけど、と少しへこんだのを、真人は見逃さなかった。

「部署の負ってる使命が違うだけだ。どっちがいいとか悪いとかじゃなくて」

「……そういうところだよ」

真人はきょとんとし、それから「やめろよ、会社で」と耳を染めた。

――三上のどこが好きかってこと？

あのやりとり以来、真人はなにかというと、『ほら、そういうところ』と言うようになった。ふとしたとき、私のどこが好きかを教えてくれるのだ。ほんとうに何気ない、たとえば濡れた傘のしずく取りに必死になっていたりするときだ。

『だって、水を垂らしたままビルの中に入れないじゃない……』

『だから、そういうところなんだって』

やがて、私も真人に対して言うようになった。

そういうところだよ。

「で、確認ってなに？」

「そうだ。俺、もう少し助けてやれるかもしれない。今回のエンジン、ノルウェー宛てって言ってたな。コンサイニーはだれ？」

コンサイニーとは荷受人のことだ。私は取引先の名前を伝えた。

「そこ、知ってる。北欧で活動してる、通関との交渉のうまいコーディネーターを紹介できる。俺から連絡を取ってもいい？」

「なんでそんな人を知ってるの？　担当市場じゃないのに」

「俺、一課に来る前は二課で欧州担当やってる。忘れた？」

忘れていた。というより、担当していた期間自体、半年とか、かなり短かったはずだ。その間にちゃんとコネクションを築いて、今まで維持していたと思うとすごい。

「すごく助かる。すぐに向こうに伝える」

「うん。それと……いいや、まずはそっちの席に行こう。俺が話す間、舞香は現地と連絡取ってて」

しっしっと追い立てられるようにして立ち上がった。え、真人も来るの？　いや、営業課の人が来ることは日常的にあるけれど、よりによって、今、真人が……。

案の定、彼をつれて戻った私は、理沙子さんの意味深な目つきに迎えられた。

「こんにちは、堂島さん。ここ座っていいですか？」

「いいよ、局さん、夕方まで外出だし」

どうも、と真人が局さんの席に座る。机の上の彼女のPCをどかし、持ってきた自分のPCを開く始末だ。相当に本腰を入れてサポートしてくれる気らしい。私は理沙子さんに、粕谷さんとのやりとりを報告した。

「うっわー救世主！　ありがとう！」

「本当に、粕谷さんてすごい方でした」

「違う違う、三上ちゃんのことを言ってるの！　変な裏工作とかしないで、真正面から交渉しに行ってさ、かっこいーって感心したよ」

「えっ」

思わず隣の真人を見る。彼が同意のしるしにうなずいた。

「粕谷さん、そういうほうが好きだから。話がまとまるのが早かったのは、そのおかげもあると思うよ」

「いいねー有村くん、こんな有能でかわいい子をお嫁さんにできて！」

真人がちらっと私を見てから、理沙子さんににやっとしてみせる。

「いいでしょ」

理沙子さんは目を真ん丸にし、黙った。

これが真人の言う『やり過ごす』か。私は堂々とした開き直りっぷりに感嘆しつつ、赤くなっていく頬を自覚した。

「さて、もうひとつ助けになれそうなのは、生産との交渉なんだけど」

そうだった、と話を聞く体勢になった私を、真人が手ぶりでやめさせる。

「そっちはノルウェーと連絡取ってて。なんとなく聞いてくれればいいから。あのね、生産管理の担当者に、飛び込みの生産を頼めると思う」

私は猛烈な勢いでメールを打ちながら、耳を傾けていた。理沙子さんが私の気持ちを代弁するように「ほんと⁉」と驚いてくれた。

「でも、できないって言われたの」

「それは、できないんじゃなく、やりたくないだけです。もちろん急な変更はリスクもある。だけど必要であれば飛び込みに対応するのも、向こうの業務です」

「必要って言われると……今回はこっちのミスみたいなもので……」

「それこそお互いさまなんですよ。種明かしをするとね、俺は生産の担当者に貸しがあるんです。向こうの手違いをカバーしたことがあって」

受話器に手を伸ばしつつ、思わず真人を見た。珍しくちょっと悪い顔をして、「こんなこともあろうかと、チャラにせずにおいた」といばっている。

「うちの在庫の穴埋めぶんを飛び込みで造ることができたら、船便でじゅうぶん間に合う。バカ高い空輸費用を払ってくれる必要はないよ」

ありがたくて涙が出る。支援課の予算はさほど潤沢とは言えない。同時に申し訳なさが募った。コール音を聞く合間に、真人に小声で確かめる。

「でも、その貸し、こんなことで使っちゃっていいの？」

営業課がピンチに陥ったときのために、とっておくべきなんじゃないの？

うんうんとうなずく理沙子さんと私を交互に見て、真人が笑う。

「今使わずして、いつ使うんだよ」

ねえ、と水を向けられ、真人のレアな笑顔に面食らっていたらしい理沙子さんが、はっと我に返ってこくこくと頭を上下させた。

こつんと足に衝撃が来た。素知らぬふりで、真人が蹴ったのだ。私が気づいたことを確認すると、頬杖に隠して口を動かす。音は聞こえなくても、わかった。

そういうところだよ。

やめてよ会社で、と言おうとしたんだけれど。

電話がつながってしまったため、できなかった。


「これはどういう状況ですか？」

突如響いた声に、はっとした。理沙子さんと真人も顔を上げている。四つのデスクからなる島の向こうに、局さんが立っていた。

私は青くなった。彼女のいない間にトラブルを発生させただけでなく、彼女の席に真人を座らせていたのだ。ほかでもない真人を。いや、べつに彼氏とか婚約者だからってわけじゃなく、営業一課の人として……。

「あの、局さん、お帰りなさい、すみません、これは」

しどろもどろになる私を一瞥《いちべつ》し、局さんが真人の背後までやってきた。真人は落ち着き払っていて、「すみません、今どきます」とPCを片づけはじめる。

「〝飛び込み〟の依頼ですね」

局さんは直立のまま、私たちに言った。さすが、真人のPCの画面を一瞬見ただけでわかったのだ。彼女はさらに読んでいた。

「ノルウェーへの輸送がうまくいきませんでしたか？」

「そのとおりです。今、代替案を動かしているところで……」

「新規の業者には荷が重かったですね。私も気をつけているべきでした、すみません。

ああ有村さん、隣にずれるだけでいいですよ」

私と真人が同時に「え」と声をあげる。隣というのは当然、私の席のことだ。ずれるというのは、どういう……。

「三上さん。あなたは帰ってください。とっくにフレックスタイムに入っています」

「あの、でも……」

「あとは私が引き継ぎます。これはあなたでなければいけない仕事ではありません」

六年近い仕事人生で、面と向かって言われたことのない台詞だ。だけど淡々とした物言いには、私を否定する響きはない。

もたもたと進退を決めかねる私を、局さんは業《ごう》を煮やしたように一喝した。

「帰りなさい！」

「はい！」

即座にＰＣの電源を落とし、バッグを引っつかんで立ち上がった。「お先に失礼します！」と頭を下げ、返事を聞くのもそこそこにフロアを飛び出す。

足を止めたらまた怒られる気がして、駅までずっと小走りだった。

時計を見たら思ったより早い時刻で、十七時前だった。


「ただいまー」

金曜日だし、地上波初登場の話題の映画でも観ようかな、とテレビをつけたところに真人が帰ってきた。声からしてくたびれている。

玄関に迎えに出たら、実際へろへろだった。帰宅時間としては早いほうだ。やっぱり突発事態への対応というのは、真人でさえ消耗するものなんだろう。

廊下に上がってきた真人は、その流れで私を抱きしめた。肩にじっと顔をうずめ、ふーっと大きな息をつく。外の冷気をまとったスーツから、煙草の匂いがする。お酒を飲んでいないのに吸ったということは、相当疲弊していたということだ。そうじゃない限り真人は吸わない。

「舞香、ふわふわしてる」

ふわふわしてるのは私じゃなくて、カーディガンね。

仕事のときは流れるようだった口調も、いつもの調子に戻っている。ぽつぽつと言葉を置いていくようにしゃべる、真人の口調。

「ごはん食べた？」

首を振る。

「急いでなにか作るから。その間に明日の準備、確認して。一応全部整ってると思うんだけど」

「まかせてごめん」

「それは私の台詞だし」

私は早く帰れたおかげで、ネイルにも行けた。駅に向かう途中で連絡してみたら、キャンセルが出てすぐに予約が取れたのだ。ドレスとブーケに合わせた、パールホワイトとブルーのネイル。明日、由有と理沙子さんに見てもらわなきゃ。

私は真人の身体をぎゅっと抱きしめ、食事の支度をするため引きはがした。

「局さんて未婚じゃないよ。バツイチ」

「そうなの⁉」

食後に大ニュースが飛び込んできた。部屋着に着替え、ソファに転がった真人が「そうだよ」と返事をする。私はキッチンで洗い物をしながら会話した。

「どうして知ってるの？」

「前に本人から聞いた」

「さっきも思ったんだけど、局さんと仲よかった？」

だれに対しても物怖《ものお》じしない真人だけれど、それにしても動じなさすぎだなと思ったのだ。局さんの無言の圧に負けない人は、なかなかいない。

「あの人、もとは営業課なんだよ。その関係で新人時代からちょいちょい仕事を教えてもらったりしてさ、今でも営業課の飲みにたまに来るよ」

「そうだったんだ……」

お皿を洗いながら、呆然とした声が出た。五年半も同期をやっていて、一年も一緒に暮らしていたのに、知らないことって案外ある。

「結婚を公表したとき、局さんからお祝いのメールをもらったよ。お前を選ぶなんて、趣味がいいってほめてくれた。わかりにくいけど、そういう人だよ」

「そっか……」

自分にまつわる陰口を、彼女はどう感じているんだろう。事実じゃないから気にならないのか、事実じゃないからこそ、じつは傷ついているのか。

いずれ私も、局さんとそんな話をできるだろうか。

いや、それよりまず明日だ。話す機会があったら今日のお礼をしよう。思い返してみると、まともに挨拶もせず出てきてしまった。だけど話す機会ってあるんだろうか。キャンドルサービスのときだろうか。そんな話をしていい場だっけ？

「〝こうでなきゃ〟みたいなのって、あるよねえ……」

「なに？」

うとうとしていたらしく、真人が眠そうな声を出した。

「縛られてたなあと思って。なにを言われても、自分の信じたいものを信じればよかったのにね」

結婚とは？　夫婦とは？　そんなの、飛び込んでみなきゃわからないのに。きっと夫婦の形だけ真実があって、決まった型なんてなくて、他人から教えられるようなものでもないのに。

「いいんじゃない。つまらないことで悩むの、舞香らしいよ」

「つまらないってことないでしょ！」

「典型的なマリッジ・ブルーだね」

うるさいなあ。典型的だろうがなんだろうが、当人にとっては深刻なんです。

そのとき、どこからか振動音が聞こえてきた。たぶん私の携帯だ。どこに置いたんだったか、と手を拭いてキッチンを出たら、「お母さんみたいだよ」と真人が私の携帯を差し出した。画面にはたしかに〝母〟とあった。

「はい。無事にホテルに着いた？」

『着いた着いた！　豪華ねー、本当にここ泊めてもらっていいの？　あっ、それでね、せっかく東京に来たから夜遊びしたいんだけど、どこで遊べばいいかしら』

「夜遊び！」

こんな時間から！

『だってどこもかしこも明るいし人はいるし、電車まで走ってるのよ、夜なのに』

「そりゃまだ走ってるよ……」

どうやら不夜城というものを目の当たりにして浮かれたらしい。父のはしゃぐ声もときおり混ざる。還暦を迎えた両親にふさわしい夜遊びってなんだろう。

バーとか？　でもふたりとも下戸《げこ》だ。カラオケ……はさすがに地元にもある。

上機嫌で何事かまくしたてている母の声を聞きつつ、どうしたものかと悩んでいたら、真人がむくりと起き上がって、おもむろに服を脱ぎはじめた。私は驚いて携帯を手で押さえ、「どうしたの？」と聞いた。

「俺、案内するよ。夜の観光したいんだろ？」

「そんな、真人も疲れてるのに」

「食ったら回復したし。舞香は先に寝てな。明日大事な日なんだから」

「それは真人も同じじゃない！」

たたんであった洗濯物からTシャツを抜き取ってかぶると、真人は寝室に行く。クローゼットを開けている音がする。本当に着替えて外出する気だ。

私は取り急ぎ、すぐにプランを練ってかけ直すと母に伝え、通話を切った。

「私も行くよ」

「いいよ、クマがどうの肌がどうの、いつもうるさいじゃん」

寝室まで追いかけたら、脱いだスエットを顔に投げつけられた。トップスならまだしも、ボトムを投げつけるってひどい。

「うるさいってことないでしょ……」

「じゃあ一緒に行く？」

ずるっとスエットが滑り落ち、ふさがれていた視界が開ける。すると真人の顔が、思っていたより至近距離にあった。そのまま近づいてきて、唇に軽いキスをする。

「でも、早めにベッドに入れる時間には、帰ってこようね」

にっと笑う顔を見ていて気づいた。

今夜は、夫婦じゃない私たちの、最後の夜なのだ。

真人の言わんとしたところを察し、顔が赤くなる。うん、そうだねとも言いづらい。

「どこがいいかな、まずはスカイツリー？　ライトアップ、何時までだっけ」

私の肩をぽんと叩き、真人はクローゼットからコートを取り出した。一緒に行くとなったら私も着替えなければ。モヘアのワンピでいいか、楽だし。

「クリスマスのイルミネーションやってるとことかもありだよな」

「そんなロマンチックな親だったかなあ」

「そりゃ、親としては違うだろうけど。ふたりでいるときは、夫婦だろ」

はっとした。真人はコートを着込みながら、レンタカーがあったほうがいいかな、とぶつぶつ言っている。

どうして入籍を明日にしたのか。それは私たちが一緒に暮らしはじめたのが、去年の明日だったからだ。去年は金曜日だった。一日休みをとって三連休にして、引っ越しと前の部屋の片づけと新居の環境を整えるのを、すべてそこで済ませた。

一緒に暮らすことを決めたとき、お互いの実家に挨拶に行った。真人のご両親はふたりとも高校の先生で、本棚をはじめ家の中がアカデミックな空気にあふれていて、すてきだった。

対する我が家は、地元の企業に勤める平凡なサラリーマンの父と専業主婦の母。仲はいいけれど能天気で、真人が呆れるんじゃないかと心配だった。真人は私の実家からの帰り道、『すごくいい人たち。俺は好き』と何度も言い、私はうれしくて泣いた。

そんな思い出の連鎖が詰まった、明日という日が来るまで数時間。

このタイミングで、真人をどれだけ好きか思い出すことができた幸せ。

「むしろ地下鉄とか楽しみたいかな。どう思う……なに笑ってんの？」

「ううん」

コートを着て、マフラーを巻いた。バッグはいらないだろう。お財布と携帯と鍵だけ、ポケットに入れて出かけよう。こんな時間からの慌ただしい、二度となさそうな不思議な外出。

「ありがとね」

玄関を出るとき、真人に伝えた。

靴を履くために屈《かが》んでいた彼は、顔を上げて不思議そうにまばたきをし、「うん？」と微笑んだ。私がなにに感謝したのか、正確にはわかっていないに違いない。

私だってわからない。というより数えきれない。

ありがとう。

私と歩く人生を選んでくれて。

夜の都内見物に満足しきった両親をホテルまで送り届け、再び自宅に帰り着いたときには零時前になっていた。

くたくたになったわりには早く帰れた。私たちが明日、それなりに大事な日を迎えることを両親が思い出してくれたおかげだ。

「大丈夫かな、あのふたり。すごいはしゃいでたし、明日起きられなそう……」

「モーニングコールするか」

暖房を切っていた部屋は少し温度が下がっていて、だけどコートを着込み、駅から歩いてきた身にはじゅうぶん暖かい。手を洗って部屋着に着替え、ふたりぶんのコーヒーをいれ、リビングのソファに丸まって携帯を開いた。

局さんからメールが来ていた。

【今さらですが、おふたりの門出へのご招待ありがとうございます。明日はゆっくりお話できないと思いますので、今のうちに。私がなにか言うまでもなく、三上さんなら必ずや幸せをつかみ取っていけますね。花嫁姿を楽しみにしています】

こういう人だったんだ。

「これ、もらっていい?」

真人がローテーブルのコーヒーを取り上げ、隣に座った。携帯の画面を見せると、のぞき込むようにして文面を読み、「あの人らしいね」と言った。

「そういうの、知ってたなら教えてよ」

「舞香が知らないってことを知らなかったのに、どうやって?」

「真人は言葉が少ないんだよ、全体的に」

明日、局さんはどんな装いで来てくれるだろう。あっと驚く意外性を見せるだろうか、それともさすが、と納得の彼女流を貫くんだろうか。

いずれにせよ、ひと言伝える機会があったらいい。

尊敬しています、と。

肩に真人の腕が回ってきた。引き寄せられたかと思ったら、コーヒーで温まったキスが来る。唇に二回、鼻先に一回。

「寝よ?」

「そういう甘い声出せばいいと思ってるの、ずるい」

真人は目を丸くし、「そんな声出してない」と心外そうに言った。

「出してるよ」

「そう聞こえてるだけだろ」

もう一方の腕も私の肩にかけ、顔の周りを囲うようにして、もう一度キスをする。

「そっちこそ」

「ん?」

なに、と答えながら、私は腕を伸ばしてカップをテーブルに置き、真人に抱きついた。お互い顔を傾け、唇を重ねる、ようやくのしっかりしたキス。真人の指が、私のうしろ髪をくしゃっと握る。

深く絡めるタイミングを探りながら、浅いキスを楽しむ、ドキドキする時間。ふと唇を離し、真人が微笑んだ。

「そっちこそ、こういうときだけかわいい顔するの、ずるいよ」

思わず不満が漏れた。

「……そういうところだよ」

「え、好きなポイント?」

「そういうところがずるいって意味!」

真人は気にする様子もなく、「あーそう」と私の頭を抱きしめ、キスを耳や首筋に移す。流されそうになってから気がついた。待って。〝だけ〟ってどういうこと。

「いつもはどんな顔なのよ」

「ベッド行こっか」

「話を聞いて!」

まったく聞かず、私の手を引いて立たせると、真人は寝室に向かった。途中、着ていたスエットを脱ぎ捨てる。着たり脱いだり忙しい。そしてムードも、あるんだかないんだかわからない。

ライトをつけずに寝室に入り、ベッドに倒れ込んだ。あっという間に部屋着を脱がされ、素肌で抱きあった。部屋の寒さはすぐに気にならなくなり、汗ばむ肌と真人の荒い呼吸の音で満たされた。

真人は習慣でこういうことをする感じじゃなくて、我慢できなくなるまでとっておいて、すると決めたらめちゃくちゃにする、みたいな極端なところがある。普段の振る舞いが淡白なぶん、その落差は大きくて、いまだに私は驚かされる。

最初のときはそうでもなかった。あとで聞いたら、やっぱり気を使っていたらしい。思い出す。一度目のデートでキスをして、二度目のデートで、部屋に誘われた。

『寄ってかない？』

屈託なく、真人は私を誘った。行きたかったけれど、即答するのもはしたないかと迷っていた私に、彼は思い出したようにつけ足した。

『手は、出すつもり』

笑ってしまう。本当にいつも言葉が少なくて、だから飾りもなくて、本音しかない。汗でじっとり湿った真人の頭を抱きしめた。お礼みたいに真人が私の首筋に顔をうずめ、がぶりと甘くかじりつく。

大好き。だからずっと一緒にいることにしたの。

真人の家族とか故郷とか過去とか、そういうもの全部とかかわりたいって思ったの。

私にとっての結婚は、そういう意味。

眠いのか、真人の身体がいつになく熱い。ふいに痛いほどの力で抱きしめられて、真人が許可を求めているのがわかった。いいよ、と返事をする代わりに、彼の背中を抱きしめた。

深く揺さぶられ、必死についていく。私もつれてって、としがみつくと、真人がすぐにそれを感じ取ってくれる。

これから何度こんな夜を過ごすんだろう。

何度キスをして、何度かすれた声をあげて、何度言いあいをして、何度好きだって実感するんだろう。今より増える？　それとも減る？

どうだっていいね。理想も基準もない。私たちが歩いたところが、私たちの道だ。

ふたりがいるところが、家だ。

噛みつくようなキスをされた。日頃の真人からは想像もつかない、荒っぽいキス。熱を秘めた唇と、容赦のない舌。ただでさえつらい呼吸を奪われ、私はあえいだ。

でもわかるよ。

今日は、終わりの瞬間にキスをしていたいよね。

真人の身体が緊張するのを感じたとき、身体の奥でなにかがはじけた。それはじわりと甘いうずきに変わって、私の全身をからめとっていった。

静かな部屋に、ふたりの息の音だけがする。

ずっとキスをしていた。

好きだよ、なんて、口にする暇もないくらい。


「ドラマとかで、素っ裸で朝まで寝てるの、あれ絶対腹壊すよな」

情緒に欠けたことを言いながら、脱ぎ捨てたスエットを真人が着込む。まあ同感だけどね、と私も部屋着を身に着けた。汗が冷えると一気に寒くなる。

「はー、疲れた」

真人はため息とともにベッドに上がってきて、投げ出すように身体を横たえる。

「ムードないこと言わないでよ」

「あったほうがいい？」

隣に潜り込むと、いつものとおり、左腕を貸してくれた。頭を乗せ、ぐらつかないよう、具合のいい場所を探す。そして先ほどの問いの答えを考えた。

「そういうの、一度気にしなくなったらもう復活しないと思うから。大事にしたい」

真人は私たちの上にブランケットを引き上げ、「なるほど」とつぶやく。

「気をつけるよ」

「一緒にいたいから結婚する、でよかったんだよねえ」

「なにが？」

ふわふわしたブランケットに肩まで包まれると、ようやく寝る準備が整った。あとはもう、意識をシャットダウンするだけだ。

「縛られてたな、の話の続き」

「俺は最初から、結婚する理由なんてそれしかないと思ってたよ」

「言ってよ！」

「またそれ？」

トクトク、真人の筋肉の下の鼓動が耳をくすぐる。真人が話すたび、声が体内で響く。少しの間、彼は枕にしているほうの手で私の髪をいじっていた。

「言うよ」

「え？」

「長いつきあいなんだもんな、これから」

「急になに？」

返事は来ず、変わらず髪はいじられている。

わかった。言葉が少ないと私が言ったのを、彼なりに気にしたのだ。

「そういうところだよ」

「これもずるいの？」

困り顔をする真人に「そっちじゃないよ」と伝える。理解したのかどうか、真人は返事の代わりに小さくあくびをした。私も口を閉じ、眠ることにした。

真人の胸に乗せた手を、彼が握る。感触を確かめているような握りかたで、彼の意識がまだ、睡魔に抗《あらが》っているのがわかる。私はくすくす笑った。

「長いね」

少し間が開き、「長い」と真人が答える。

神妙な声に私はまた吹き出した。真人が首を伸ばして、唇にふわっとしたキスをくれる。満足したのか、いくらもしないうちに、規則正しい寝息が聞こえはじめた。

息をするたび、私を満たす真人の匂い。これがあると私は落ち着く。

ふと、アラームをきちんとかけたか気になって、伸び上がろうとしたら、阻むように真人の腕に力がこもり、自分のほうへ抱き寄せた。

少しすると、また穏やかな寝息が始まる。

私だけが知っている、真人の安らかな呼吸の音。

抱きついて、胸に顔を押しつけた。

目が覚めたら一番に、カレンダーをめくろう。大事な日付を少しでも長く目に入れられるように。

ふたりで幸せになろうね。私たちの幸せってどういうことか、一緒に決めよう。
だれかとかみんなとか関係ない、ふたりだけの幸せの話。
言葉にしていこうね。
ずっと。

END

クールな御曹司は
花嫁に無関心？

滝井みらん

The eve marriage
Anthology

「あ〜、また殻《から》入っちゃった〜！」

薄暗いキッチンで、フライパンの中に落とした卵を見て頭を抱える私。

目玉焼きを作ろうとしても、卵が上手く割れない。一体、卵を何個無駄にしたのか？

綾瀬百合《あやせゆり》、二十五歳、独身。身長百五十九センチ、髪はブルージュカラーのミディアムで、容姿は自己評価だと並。くっきり二重の目とふっくら唇が特徴で、のんびりした性格の私。

八歳のときに両親を自動車事故で亡くしてから、父方の祖父の家で暮らしている。

祖父は日本で三本の指に入るリゾート会社『綾瀬リゾート』の会長で大金持ち。この家には十二人の使用人がいて、料理は専属シェフが作ってくれるから、家庭科の授業以外で調理をしたことなどなかった。

「どうしよう〜！　これじゃあ、朝食作れないよ〜」

ひとりキッチンでわめいていたら、黒髪の青年が顔をしかめながらキッチンに現れた。

「この焦げ臭いにおい、なに？」

彼は、綾瀬智也《ともや》。私のひとつ下の弟で、綾瀬リゾートの社長。鋭角的な顔立ちで、身長は百八十センチ。うっかり屋の私と違ってしっかりしていて頭もよく、実の姉が言うのもなんだけど見目はいい。

智也の声に反応してフライパンを見ると、煙が上がっている。

「ああ〜、焦げてる〜！　と、と、智也どうしよう〜！」

あたふたして助けを求めたら、弟は呆れ顔でガスコンロのスイッチを切った。

「火を消せよ」

「あっ、そうでした」

思い出したように手をポンと叩けば、智也はそんな私を見て深い溜め息をつく。

「明日自分の結婚式だってのに、深夜になにやってんの？」

チラリと壁時計を見ると、もう午後十一時を回っている。

「朝食作る練習。何度やっても上手くできないの。どうしたらいい？」

テンパりながら助言を求めたが、智也は冷めた目で言い放った。

「不器用な姉さんが一日、二日練習したくらいで料理なんてできるわけない。火傷《やけど》する前に諦めろよ。それに明日、式の途中で眠りこけたらどうする？」

弟の言うことはもっともだ。好きな人に自分の手料理を食べてもらいたかったけど、式を台無しにするわけにはいかない。

「……そうだね」

結婚式で居眠りしている自分の姿を想像し、苦笑いしながら相槌《あいづち》を打つ。

「後片付けは敏江《としえ》さんに頼んでおくから、早く風呂入って寝ろよ」

智也はポンと私の肩に手を置いた。

敏江さんというのは、私たちが子供の頃から世話をしてくれている五十代のお手伝いさん。

「うん、ありがと。そうさせてもらう」

弟の方を振り返ってにっこり笑い、着替えを持ってバスルームに向かう。

一見素っ気なく見えるが、弟は優しい。いつも私を気遣ってくれる。

十一月に入り、夜はかなり冷え込むようになった。

服を脱いで身体《からだ》を洗うと、熱い湯船に浸かりながら冷えた身体を温め、静かに目を閉じる。

明日、私はお嫁にいく。

よくテレビドラマだと式の前日に両親に今まで育ててくれた感謝の気持ちを伝える

が、私にはもう親はいない。祖父だって今は病気で入院している。

本当は私が結婚するのはもう数年あとの予定だった。今年の九月、祖父が肺ガンになり、私の結婚が早まったのだ。

お相手は氷室颯士《ひむろそうし》さんという、笑顔が素敵な優しい人。国内最大の航空会社『アース航空』の社長で、二十八歳。容姿端麗、かつ頭脳明晰で、アメリカの有名経済誌の『世界を動かす百人』という特集のひとりに選ばれるほど世界的にも注目されている若き経営者だ。

颯士さんの祖父と私の祖父が親友同士で、私が二十歳《はたち》のときに彼と婚約をした。

祖父に紹介される前から颯士さんとは面識があった。あるパーティで、私がドレスにジュースをこぼしたら、彼がハンカチを貸してくれて着替えまで手配してくれたのだ。

そのとき、颯士さんにひと目惚れし、婚約者として後日対面したときはそれはそれは驚いた。

これから颯士さんと一緒に暮らすと考えるだけで、もうドキドキしちゃう。

明日の結婚式は失敗しないようにしなくちゃ。ヴァージンロードは転ばずに歩けるかな？　それに、誓いのキスは……？

あ～、きゃあ～！　大事なことに今気づいた。考えてみたら、彼とちゃんとしたキスをしたことがない。デートのあと、別れ際にほっぺや額に軽くチュッというのはあるけど。

初のキスが結婚式？　それに……待って。初夜はどうすればいいの？

私……処女なのに――。

料理のことばかり考えてて、初夜のことをすっかり忘れていた。お風呂でリラックスするはずが、ますます緊張が増していく。

「ど、どうしよう～！」

ひとり騒ぐ私。

結局、その夜は、結婚式や初夜のことを考えたらよく眠れなかった。


次の日は、案の定寝不足。

「姉さん、行くぞ」

結婚式が始まり、教会の前で智也に声をかけられたとき、私はガチガチに緊張していた。

扉がガチャッと開くと、パイプオルガンの音が鳴り響く。弟と歩く真っ赤なヴァージンロード。祭壇の前では、颯士さんがにこやかな笑みを浮かべている。

ふわりとカールさせた短い茶髪、俳優顔負けの端整なマスクに百八十三センチの長身。シルバーグレイのタキシードに身を包んだ彼は、いつもの十倍増しでカッコいい。

だが、その姿にキュンとなる余裕も今はない。

内輪だけの式だが、彼の祖父は経済界の重鎮だし、私の祖父も病院に外出許可をもらって出席してくれている。

無様な姿は見せられない。転ばずに彼のもとまで行かなくては。

ウェディングドレスの裾が気になって下ばかり向いていたら、弟がボソッと言った。

「前を向いてろ。転びそうになったら俺が支えてやるよ」

その頼もしい言葉に、気持ちが少し落ち着いた。

『結婚行進曲』に合わせ、一歩一歩ヴァージンロードを進む私たち姉弟。

途中、つまずきそうになったけど、智也がしっかりフォローしてくれて、なんとか颯士さんのもとへたどり着く。

「姉さんをよろしくお願いします」

智也がそう言うと、颯士さんは返事をする代わりに優しく微笑んだ。

賛美歌を斉唱し、牧師の聖書の朗読を聞くが、誓いのキスのことがあって私は気もそぞろ。心臓はバクバク。

「病《や》めるときも、健やかなるときも……慈《いつく》しむことを誓いますか？」

牧師の声が耳に届くも、テンパっていて上手く反応できない。

沈黙する私を見かねてか、横にいる颯士さんが私の腕をトンと軽くつつく。

返事をしなきゃ！

「は……はい、誓います」

つっかえながらもなんとか答え、颯士さんに目を向けた。

彼は私と目が合うと小さく微笑む。

その笑顔を見てホッとするも、運命のときは刻一刻と近づいていた。

震える手で指輪の交換を済ませたら、牧師が私と颯士さんに笑顔で告げる。

「では、誓いのキスを」

ドッドッドッと心拍数が一気に上がり、私の緊張はマックスに。

颯士さんは落ち着いた様子で私のベールをめくると、顔を近づけてきた。
キ、キスされる～！
どうしていいかわからずギュッと目を閉じたら、額に彼の唇の感触が――。

あれ？

驚いて目を開ければ、もう彼の顔は私から離れている。

唇じゃなくて額？

あっさり終わった誓いのキス。

ホッとしたような、なんだか物足りないような……。

私が緊張しているから颯士さんは額にしたのかな？

そんなことを考えているうちに式は終わり、互いの親族との食事会を済ませると、颯士さんの車で麻布《あざぶ》にある彼のマンションに連れてこられた。

三十七階建てのタワーマンションの最上階が、彼の部屋。

結婚するまでは清い交際をしようと颯士さんに提案されていたこともあって、実はここに来たのは初めてだ。

デートは、彼が海外を飛び回っているから月に一、二回。映画館や美術館に行って、お洒落《しゃれ》なレストランで食事をして帰るというのが定番コースで、彼は紳士らしく夜の十時にはいつも私を家に送り届けてくれる。

だから、颯士さんはどんなおうちに住んでいるんだろう？っていつも思ってた。

「ここが颯士さんの家なんですねえ」

綾瀬の家は広い庭園がある純日本家屋なので、こういう都会的なマンションは憧れる。

今日からここが私の家——。

玄関を上がり、物珍しそうにキョロキョロと周りを見回す。

部屋の間取りはドアの数からすると、7LDKか8LDKといったところだろうか。

天井が高くて開放的。廊下の壁は白く、天井にはアクアマリン色のペンダントライトが吊るされていてとてもお洒落な雰囲気だ。

家の中は静かで、うちと違いお手伝いさんはいない。颯士さんの話では、週に三回家政婦さんが来るだけとか。他人が家にいるとあまり落ち着かないらしい。

彼はリビング、ゲストルーム、書斎、バスルームを案内すると、バスルームの横の部屋のドアを開けて告げた。

「百合さんの寝室はここですよ。自由に使ってください」

私の寝室？

「あのー、颯士さんは一緒じゃないんですか？」

遠慮がちに聞いてみたら、颯士さんはにこやかな顔で答える。

「ひとりじゃないと眠れないんですよ。僕はこれから奥の書斎で仕事をするので、適当にくつろいでていいですよ。式で疲れたでしょう？」

笑顔で押し切るように言われ、つい返事をした。

「……あっ、はい」

「じゃあ、今日はゆっくり寝てください」

颯士さんは私の頬に軽くキスをすると、そのまま書斎に行ってしまった。

結婚式の夜なのに仕事。よほど忙しいのだろう。私の祖父の病気で結婚が急遽《きゅうきょ》早まったし、スケジュールを調整するのも大変だったはず。

初夜のことがすごく心配だったが、今日はお預けのようだ。

昨夜あれだけ心配したのはなんだったのだろう？

なんだか拍子抜け。

その夜は、寝不足もあってシャワーを浴びるとすぐに寝てしまった。

次の朝、ピロリロリンというスマホの音で目が覚めた。

ハッとベッドサイドのテーブルに置いたスマホを確認すれば、颯士さんからのライン。

【おはよう。今日は帰りが遅くなるので先に寝ていていいですよ】

なぜラインで知らせてくるのだろう？

彼のメッセージに目を通してそんな疑問を抱いたが、スマホの時刻表示が九時三分となっていて愕然《がくぜん》とした。

「嘘！　寝過ごした〜！」

朝食を作るどころか、颯士さんを笑顔で送り出すこともできなかった私。

「嫁失格だわ」

自己嫌悪に陥らずにはいられない。

身支度を整えてキッチンに行けば、ダイニングテーブルに朝食が用意されていた。

クロワッサン、コーンスープ、スクランブルエッグにサラダ。

小さな紙も置かれていて、手に取ってみたら彼の手書きのメモだった。

【レンジで温めて食べてください】

多分、颯士さんが作ってくれたのだろう。

彼は昨日の夜だって仕事をしてたのに、私は九時過ぎまで眠りこけていた。

「ああ〜、このままじゃあ颯士さんに愛想を尽かされる〜‼　明日こそは早起きして朝食を作らなくちゃ」

そう意気込んで、次の日は六時半に起きたが、すでに颯士さんは家を出たあとだった。

「今日も彼に会えなかった」

落胆していたら、昨日のように九時頃、彼からラインが届く。

【今日は沖縄《おきなわ》出張で、帰るのは明後日になります】

その文面がショックで、しばらく放心していた。

そして沖縄出張から彼が戻ってきて、いよいよ初めての週末。
ふたりでゆっくり過ごせるかと思っていたのに、朝起きたらまた彼は消えていて、
例のごとくラインが――。
【おはよう。今日から一週間アメリカ出張に行ってきます】
「今度はアメリカ出張～！」
彼のメッセージを見て叫ばずにはいられなかった。
多忙なのか、出張中の連絡はすべてメール。電話はいっさいかかってこない。
誰がこんなすれ違い生活を予想しただろう。
「結婚したらもっと颯士さんとラブラブになれると思っていたのにな。……寂しいよ」
今の私は〝颯士さんロス〟。その上、結婚してからなにもすることがなくなって、
毎日暇。一日がすごく長く感じるようになった。

祖父が病気になる前は綾瀬リゾートにちょくちょく顔を出して祖父の外出にも付き合ったのだが、もう私は氷室家の人間だし、弟にも『会社に来るな』と強く言われている。祖父のお見舞いに行っても、『新婚なのだから来なくていい』と笑顔で追い払われた。

なんか……虚《むな》しい。今すごく孤独を感じる。結婚ってハッピーなものではないの？

ひとり悩んでいたら、颯士さんの弟がお昼に訪ねてきた。

「やあ、百合さん」

彼の名前は氷室航平《こうへい》。アース航空の副社長。小麦色の肌に、ライトブラウンの髪。面立ちは颯士さんに少し似ていて、背も高い。

お日様のような笑顔で挨拶してくる彼は、智也の親友でもある。颯士さんと知り合う前から知っていて、私も航平くんとはすごく仲がいい。

「航平くん、どうしたの？　会社は？」

平日なのに突然やってきた彼に驚く私。

「兄貴に留守中、百合さんの様子を見てきてくれって言われてさ、お昼休み抜けてきたんだ。なにか困ったことない？」

彼に優しく声をかけられ、涙が込み上げてきた。

泣いちゃいけないって思うのに、ポロポロ涙がこぼれ落ちる。

「えっ、ちょっ！　百合さん、どうしたの？」

私を見てうろたえる航平くんに、すべてを打ち明けた。

「航平くん、私……寂しい。結婚しても颯士さんと全然一緒にいられないの。それに、毎日なにもすることがなくて、死んでしまいそう」

泣きじゃくる私の頭を彼は優しく撫《な》でる。

「兄貴がかまってくれないんだね。仕事人間だからなあ。新婚さんだもん。そりゃあ、兄貴のそばにいたいよね？」

「うん」

涙ぐみながら頷いたら、航平くんは「俺に任せて」とニコッと笑ってその日は帰っていった。

だけど、次の朝、彼がまたやってきて、なぜかオフィスカジュアルな服に着替えるように指示される。意味がわからないながらも言う通りにすると、急かされてそのまま車に乗せられた。

着いた場所は溜池山王《ためいけさんのう》にあるアース航空のオフィスビル。気づけば私は総務部で働くことになっていて……。

「秘書の方が兄貴に近づけるけど、それだとすぐバレて辞めさせられるからね。それと、これは変装用の眼鏡」

私に黒縁眼鏡をかけながら、楽しげに微笑む航平くん。

そんな彼とは対照的に、この展開についていけずおろおろする私。

「あの……話が見えないんだけど。なんで私がアース航空で働くの？」

戸惑いながら質問すれば、彼はニコニコ顔で返す。

「働く兄貴の姿見たくない？」

「それは見たいよ」

目の色を変えて即答したら、航平くんはポンと私の肩に手を置いた。

「ここで働けば兄貴の姿は見られるし、暇じゃなくなって一石二鳥。氷室の姓だと目立つから、旧姓の綾瀬で通してね。まあ、兄貴にバレないよう頑張って」

航平くんは私を総務部に連れていき、部長に自分の遠い親戚だと紹介すると、後ろ手を振って去っていった。


この日から私のＯＬ生活が始まった。

通勤には前から乗ってみたかった電車を使い、お昼は美味しくて安い社食を堪能。

颯士さんは毎日、早朝会議で私より早く家を出るし、帰りも深夜近くで、私が自分の会社で働いているなんて気づいていない。

仕事の方は不安はあったけど、颯士さんの姿を見るために頑張った。

慣れない仕事。消耗品の発注数を間違えたり、電話の保留ボタンを押し間違えて大事な電話を切ったり……と、なにかしら失敗はある。

その都度落ち込むが、颯士さんの姿を見かければすぐに元気になった。

仕事モードの颯士さんは超クールで悶絶《もんぜつ》もの。廊下や会議室の前でよく遭遇するのだが、たいていどこかの部長や役員の人と話し込んでいて、てきぱきと指示を与えている。彼の真剣な眼差しにキュンとせずにはいられない。

今日も愛しの彼を発見。

あっ、颯士さん!

エレベーターの前で外国のお客様と英語で談笑中。彼に気づかれぬようさっと壁際に隠れてこっそり観察する。

なんて流暢《りゅうちょう》な英語なんだろう~‼ 颯士さん、す・て・き!

うっとりしてしばらく彼を眺めてしまう。

颯士さんは、女子社員の憧れの的。同僚の話では、彼が結婚してしまって泣いている女子社員が大勢いるらしい。

若い女の子が集まれば、必ず颯士さんの話が出る。『今朝挨拶したらにこやかに微笑んでくれた』とか『今日の髪型カッコいい』……とか些細《ささい》なネタで盛り上がるのだ。

私も颯士さんと結婚していることを忘れて『実は私も社長のことが好きなの～。見てるだけで目の保養だね』と恋する乙女発言をして、総務部の子とキャッキャ騒いでしまう。

そんなひとときが楽しい。この仕事を紹介してくれた航平くんに感謝だ。

怖い上司や先輩はいるけど、同年代の女の子たちとは上手くやっているし、私がミスすると優しくフォローしてくれる男の先輩もいる。これで仕事もテキパキできれば、少しは颯士さんの役に立てていると思えるのにな。

だけど、現実は甘くない。

今朝は会議室の予約時間を間違えて先輩に叱られたし、ランチミーティングのお弁当の個数を間違えて上司から大目玉を食らった。

失敗はまだ続く。旅費関係の書類を秘書室に持っていく途中、なにもないところで転んで紙をばらまいてしまった。

「いったー」

顔をしかめながら、散らばった書類を拾い集める。

すると、近くにいた人も一緒に拾ってくれて、目の前に書類を差し出された。

「はい、どうぞ」

そのよく知った声に、血の気がサーッと引く。

そ、颯士さん⁉

「……ありがとうございます」

俯いたまま礼を言うが、彼がこの場を去る様子はない。

マズイ……。このままだとバレる。

総務の役立たず女が私だって知られてしまったらどうしよう～？

心臓バクバクの私を、颯士さんは優しい声音で捕らえた。

「百合さん、ここでなにをやっているのかな？」

まるで金縛りにあったかのように身体がカチンと硬直する。

その優しい声に反比例して、颯士さんの静かな怒りをひしひしと感じた。

怖くて顔を上げることもできない。

「他人の空似です～！」

ガシッと彼の手から書類を奪い、脱兎《だっと》のごとく逃げた。

総務部に戻ると、乱れた息を整えながら自分に言い聞かせる。

大丈夫。私と似たような背格好の女の子はたくさんいる。『百合さん』と呼ばれた気がしたけど、あまりに動揺していて聞き間違えたのかもしれない。

「ねえ、社長のタクシーのチケットが欲しいんだけど」

不意に声をかけられ、ハッとした。

その声の主は、社長秘書の朝比奈《あさひな》さん。黒髪ショートヘアのクールビューティだ。

「あっ、はい」

慌てて返事をして棚の中からチケットの冊子を取り出し、朝比奈さんに手渡す。

「確認して、受け取りのサインをお願いします」

朝比奈さんはさっとチケットを見ると、書類にサインをした。

「ありがとう」

彼女はニコリと笑い、他の社員にも挨拶して総務部をあとにする。

社長秘書だけあって有能そうで綺麗な人。

朝比奈さんがいなくなると、私の隣の席の女の子が彼女の噂話をする。

「朝比奈さんって社長の高校のクラスメートだったらしいわよ。昔は付き合ってたって噂もあったの。社長は結婚したけど、まだお互い好き合ってたりして」

颯士さんと朝比奈さんが恋人だっ……た？

「そ……そうなんだ」

激しくうろたえながら相槌を打つ。

ショックでそれしか言葉が出なかった。

その日は、仕事中も颯士さんと朝比奈さんのことを考えていたせいで、定時までに仕事が終わらず残業。書類の整理をしていたら、颯士さんからラインが入った。

【今日は八時に帰る】

そのメッセージに大きく目を見開いた。

嘘でしょう？　てっきり今日も接待で遅くなると知らせてきたかと思ったのに……。

スマホの時刻を確認すれば、六時五十分。

あ～、早く帰らなきゃ。

うちから会社までドア・ツー・ドアで三十分かかる。

猛スピードで仕事を片付けてマンションに向かっていると、焦っていたせいか駅の階段を踏み外した。グキッと嫌な音がして、左の足首に激痛が走る。

だが、痛みを気にしている暇はない。颯士さんが帰るまでに戻らなければ。

足を引きずりながらもなんとかマンションに到着。

夕食を準備しようと思ったが、私が作れる料理なんて殻入りの目玉焼きだけ。

考えてみたら、こんな早い時間に彼が帰ってくるなんて初めてだ。

「とりあえず、お風呂でも沸かす？」

あたふたしているうちに玄関のドアがガチャッと開いた。

「あっ、帰ってきた！」

慌てて玄関に向かい、颯士さんを出迎える。

「お帰りなさい！」

「そんな息せき切ってどうしたの？」

髪を振り乱し、胸を大きく上下させている私を見て颯士さんはクスッと笑った。

「あのう、お風呂にされます？　それともやっぱりお食事の方がいいですか？　目玉焼きしか作れませんが……」

テンパっていた私は颯士さんの質問には答えず、結婚前に何度もシミュレーションしたセリフを口にする。

「そこに〝私〟っていう選択肢はないの？」

悪戯《いたずら》っぽく目を光らせる彼。

「もう、颯士さん！」

赤面しながら怒ると、彼は楽しそうに笑った。

「冗談だよ。百合さんってけっこう抜けてるところがあるし、からかうとおもしろいよね。この伊達《だて》眼鏡も取り忘れてる」

スッと私の眼鏡を外し、颯士さんはそれをかけてニヤリとする。

インテリ風の彼も素敵……じゃない‼　今日会社で会った女だってバレバレだよ。

ギョッとする私に顔を寄せ、彼は悪魔な顔で言う。

「僕が着替えたら、なぜうちの会社で働いているのか理由を聞かせてもらおうかな。どうせ航平が関わっているんだろうけど」

「あの……その……それは……うっ！」

しどろもどろになりながら後ずさると、激痛に襲われた。足首が痛い。

「百合さん……？」

歯を食いしばりながら痛みをこらえる私を見て、颯士さんはすぐに異変に気づいたらしい。

「どこか怪我でも？」

「な、なんでもありません」

笑顔を作って否定するも、顔は強張り、額には汗が滲《にじ》む。立っているのもつらくて床に座り込み、左足を押さえた。

すると、颯士さんは急に真剣な表情で私の左足のスリッパを脱がす。

「ホント、嘘が下手だな」

大きく腫れ上がった私の足首。いつの間にこんな状態になったのだろう。くびれがなくなって、まるでカバの足みたいだ。

「だ、大丈夫です。すぐに治ります」

足首を隠そうとしたら、彼が私の身体を抱き上げた。

「この馬鹿！　大丈夫なわけないだろ！」

厳しい顔で怒ると、颯士さんは私を駐車場まで運んで車に乗せた。

そして、自分も運転席に乗り込み、無言でシートベルトをして車を発進させる。

仕事で疲れて帰ってきた颯士さんにこんな面倒をかけて、私はなにをやっているのだろう。

『ごめんなさい』と謝りたかったけど、彼の纏《まと》っている空気がピリピリしていて、とても話しかけられる状態じゃなかった。

いたたまれなくてシートで小さくなっていると、信号待ちをしているときに彼が前を見据えたまま質問してきた。

「どこでそんな怪我を？」

その冷たい声にビクッとなる。

ああ……これはすごく怒ってる。

「……駅の階段で転《こ》けて捻《ひね》ったみたいで」

気まずくて小声で答えたら、彼は眉根を寄せた。

「駅？　まさかとは思うが電車でうちの会社に通っていたのか？」

……私が颯士さんの会社で働いているのは確定事項なんですね。

もう観念して白状するしかなかった。

「普通のＯＬは電車通勤だから、ちょっと憧れていたんです。綾瀬の家にいたときはお祖父《じい》様が電車に乗るのを許してくれなくて……」

「うちの会社で働いてるのも、ＯＬに憧れて？」

冷めた口調で聞いてくる彼を見るのが怖くて、じっと自分の手に視線を落としながら答える。

「違います。それは……」

本当の理由を知ったら、きっと颯士さんは私を軽蔑するに違いない。言うのをためらっていると、彼は意地悪な発言をした。

「それは、なに？　他の男でも見つけたくなった？」

「違う！　ひと目でも颯士さんに会いたかったから。……あっ‼」

ついカッとなって言ってしまい、慌てて口をつぐむがもう遅い。

数秒の沈黙。それを破ったのは彼だった。

「……俺にひと目会いたかったからか」

独り言のように颯士さんはポツリと呟く。

多分、私の不純な動機に呆れているのだろう。自分のことも〝僕〟じゃなくて〝俺〟って言ってるし、今日の彼はなんだか私の知らない彼だ。

嫌われてしまったかと思うと悲しくて、彼と向き合って弁解もできなかった。

それから病院の救急で診察を受けるまでお互いずっと無言。

診断の結果は捻挫《ねんざ》で、一週間は安静にしているように言われた。

病院から戻っても颯士さんはいつものようにすぐ書斎にこもらず、私と一緒にリビングでニュースを観ている。病院に行く前はすごく怒っていたけど、今は穏やかだ。

一緒にいてくれて嬉しい反面、彼に迷惑をかけて申し訳ない気持ちもある。なんだか気詰まりを覚えてトイレに立ったら、彼も私を心配してかついてきた。

「左足に体重をかけなければ歩けるので大丈夫ですよ」

そう丁重に断っても「いつ転ぶかわからないから」と颯士さんは信じてくれず、いつでも支えられるようにそばを離れない。まるでよちよち歩きの子供を見守るパパだ。お風呂に入るときも、彼はバスルームまで付き添ってきてすごく困惑した。でも、そのおかげで何度か転倒せずに済んだのだけど。

また、次の朝起きると、颯士さんが新しい湿布と包帯を持って「足見せて」と、私の寝室に現れた。

「し、湿布は自分で交換しますから」

グロテスクな足を彼に見られたくなくてあたふたしながら拒否したが、彼は「言うこと聞かないと、ベッドに縛りつけるよ」と、黒い笑みを浮かべる。

うっ、なんか怖い。

「……わかりました」

颯士さんの有無を言わせぬ笑顔に泣く泣く従うも、彼に足を触れられると緊張して息苦しい。

テーピングが終わってやっと解放されたかと思ったら、彼は驚いたことに私の足に恭《うやうや》しくチュッとキスをして……。

「早くよくなりますように、っておまじない」

呆気《あっけ》に取られる私を楽しげに見て、男のフェロモン全開で微笑む。

心臓が止まるかと思った。もうキュン死しそう～！

捻挫も悪くないなあ……なんて不謹慎なことを考えながら会社に行こうとしたら、彼にきつく叱られた。

「なに考えてるんだ！　一週間安静って言われたの忘れたのか！」

微笑みの天使から恐怖の大魔王に豹変《ひょうへん》する彼。

「……はい。すみません」

本気で怒ると、身体が震え上がるくらい怖い。もう絶対に颯士さんを怒らせないようにしようと、謝りながら心に誓う。

そんなやりとりがあって、会社を一週間休むことになったのだが、これがまたなにもすることがなくて退屈で……。

仕事は大変だけど、働いていると自分が社会の一員になった気がするし、仕事している颯士さんを見られてとても充実していた。

「ひとりでいるのってつらいな。きっと颯士さんは深夜にならないと帰ってこないだろうし」

深い溜め息をついてふさぎ込んでいたら、午後八時くらいに彼が帰ってきた。

「夕食まだだろ？　ピザでも取って食べよう」

「はい！」

彼の帰宅が嬉しくて、ぱあっと笑顔になる。

この日だけかと思ったが、その次の日もそのまた次の日も彼は早く帰ってきた。

聞けば、今後の会社経営のために、代理がきく接待や会合を弟の航平さんに任せることにしたらしい。

常々颯士さんは働きすぎだと思っていたし、一緒に過ごせる時間も増えて、私には喜ばしい決定だ。

颯士さんと夕食を作って、楽しく話をしながら食べる。まさに私が思い描いていた結婚生活。

それだけじゃない。彼は夜寝る前、必ず私の足首の腫れをみて、軽くマッサージし、テーピングをしてくれるのだ。まるで私の専属医師のよう。

颯士さんの手厚い看護とおまじないのキスのおかげか、足首の腫れは一週間ほどで引いた。

「痛みは？」

彼は湿布をはがし、慎重に私の足首を動かしながら確認する。

「大丈夫そうです。あの……颯士さん、明日からまた会社に行きたいんですけど」

思い切って話を切り出すと、彼は穏やかな目で私を見た。

「なんで百合はそんなにうちで働きたいの？　正直、ＯＬに向いてるとは思えないけど」

この一週間で彼は私のことを『百合』と呼ぶようになった。一緒に過ごす時間が増えて、少し彼との距離が縮まったからかもしれない。でも、もっと彼に近づきたい。

「ひとりで家にいると気分が沈んじゃうし、それに……前にも同じようなこと言ったけど、颯士さんがいるところで働きたいから」

動機が不純で反対されるかと思ったけど、彼はある条件を出した。

「もう電車通勤は絶対にしないこと。百合には危険だからね」

「はい、じゃあタクシーで行きますね」となにも考えずに返事をしたら、颯士さんは
「ハーッ」と溜め息交じりの声で言う。

「俺と一緒に行けばいいじゃないか。あまりひとりで行動しないでよ。またどこかで怪我するんじゃないかって心配になるから」

颯士さんって意外と過保護?と思ったが、彼のご機嫌を損ねると仕事を辞めさせられそうなので、「はい」と笑顔で返す。

それで話が決まり、次の日から彼は私を連れて出社した。

「絶対に私が颯士さんの奥さんだなんて言わないでくださいね。こんなダメOLが奥さんなんて知られたら、みんな引きますから」

会社の地下の駐車場に颯士さんが車を停めた時、私は彼にお願いした。

「でも、百合が部長や課長に怒られているのを見ると、彼らに殺意を覚えるんだよな」

颯士さんの目が悪戯っぽく光る。暗に『仕事をしっかりやらないと、周囲に私が自分の嫁だと公言する』と言っているのだ。

つい最近まで、彼がこんな意地悪なことを言う人だなんて知らなかった。

だけど、今の方が遠慮がなくて、身近に感じる。

「うっ! ……怒られないように努力します」

痛いところをつかれ、少し拗《す》ねたら、彼が私の頬に触れてきてドキッとした。

「あまり頑張りすぎて空回りしないように」

優しく注意すると、颯士さんはシートベルトを外して車を降りた。

私も彼を追いかけるように車を出て、一緒にエレベーターを待つ。

だが、他の社員に見られそうで落ち着かない。

「あの……私、少し待って颯士さんとは別のエレベーターに乗ります。一緒にいたら怪しまれちゃう」

周囲を気にしながら言ったら、彼は私を安心させるように笑った。

「大丈夫。このエレベーターは役員専用であまり人が乗ってこないし、たとえ百合と一緒のところを見られても、俺の遠い親戚ってことになっているんだから不審に思われないよ」

「ああ、そうでしたね」

ホッとしながら相槌を打てば、颯士さんは笑顔で私を見下ろした。

「今日は七時で仕事が終わりそうなんだ。なにか食べて帰ろう」

彼の言葉に自然と頬が緩む。

「はい」

嬉しくてたまらない。こんな些細なことが今の私には幸せなのだ。

その日、颯士さん効果か、珍しく仕事でミスをしなかった。

彼にそのことを一刻も早く報告したくて社長室に向かう。幸い、社長室の前にある秘書室には誰もいなかった。

やったー！　今がチャンス！

あまりに浮かれていてノックもせずに社長室のドアを開けたら、颯士さんの背中に秘書の朝比奈さんが抱きついていて——。

頭は真っ白。

ふたりが私を見て驚いた顔をする。

「お、お邪魔しました」

震える声でそう言うと、ドアを閉めてエレベーターまで走った。

「百合！」と叫びながら颯士さんが追ってきたが、ちょうど来たエレベーターに駆け込む。治ったばかりの左足が痛むとか、まったく考えなかった。

逃げなきゃ。

それしか頭になくて、会社を出るとすぐに通りでタクシーを拾って乗り込む。

「どちらまで」と運転手に聞かれ、返答に困った。

どこへ行けばいい？

マンションには帰れない。颯士さんと顔を合わせてしまう。

どこへ……。

そのとき、前に彼と行った海がパッと脳裏に浮かび、運転手に行き先を告げた。

「江《え》の島《しま》までお願いします」

＊　＊　＊

「明日の予定、変更はないな？」

決裁済みの書類を秘書の朝比奈に手渡しながら確認する。

定時後の社長室、もう日はとっくに落ちていて外は暗い。

それでも、午後七時に仕事を終えるのは、俺にとってはかなり早い方だった。

師走《しわす》だけあって寒くなってきたし、今夜は百合とあったかい鍋でも食べに行くか。

今までは定時後も打ち合わせや接待があって、家に帰るのはいつも深夜だった。その生活を改めることにしたのは俺の嫁の妙な行動がきっかけだ。

「はい。でも、いいんですか？　明日の会合は重要だと言っていたのに」

朝比奈はおもしろくなさそうな顔をする。弟の航平に明日の会合への出席を頼んだのが気に食わないらしい。

朝比奈は高校時代のクラスメートで、俺の仕事をずっとサポートしてきた。頭の回転が速く、男性では気づかない細かいことにも目が行き届き、信頼できる部下のひとりだ。

「副社長にもそろそろ顔を売ってもらわないと。俺になにかあったときに困るだろ？」

理にかなった説明をするが、朝比奈はチクリと嫌みを口にした。

「大した言い訳ですね。奥様がそんなにかわいいんですか？　ただの政略結婚だったはずなのに」

そう、互いの祖父が親友同士で、俺と百合の結婚は祖父たちの口約束で決まった。

それに加え、綾瀬リゾートとの結びつきは、アース航空にとってプラスになる。俺の父親が十三年前に病で亡くなっているため、祖父は俺の結婚で会社を盤石《ばんじゃく》なものにしたかったのだと思う。

祖父の決めた結婚に反対はしなかったものの、婚約者となった彼女に対して愛情を抱けなかった。むしろ、疎《うと》ましかったという方が正しいかもしれない。

世間知らずのお嬢様だし、適当にあしらって、金さえ与えておけばいい……そう思っていた。だから、婚約中のデートは俺にとっては義務でしかなかったし、結婚してからも仕事を理由にして、彼女となるべく顔を合わせないようにしていた。

勝手に祖父に結婚を決められ、自分でも知らずにその怒りを彼女にぶつけていたんだろう。

だが、今は違う。

「……かわいいんだろうな」

ドジで不器用な嫁が愛おしく思えるのだ。

今日も仕事でなにか失敗をしたんじゃないだろうか。彼女のことを考えると自然と頬が緩む。

「変わりましたね。そんなノロケ、言う人じゃなかったのに」

朝比奈の皮肉も気にならず、笑って返す。

「自分が一番驚いている。じゃあ、君も早く帰れよ」

部屋を出ようとしたら、彼女に背後から抱きつかれた。

「ずるい！　あなたは仕事にしか興味がないから、そばにいられればそれでいいって自分を納得させていたのよ！」

俺を責めて声を荒らげる彼女。

いつもポーカーフェイスなのに、一体どうしたのか？

今日の彼女はどこかおかしかった。

「朝比奈？」

少し戸惑いながら声をかければ、彼女は自分の想いを告白する。

「ずっと……好きだったの。奥様より私の方があなたのことを知っているわ。私ならもっとあなたの役に立てる」

有能な妻が欲しいわけじゃない。妻は秘書とは違う。

そのとき、はにかんで笑う百合の顔がパッと脳裏に浮かんだ。

心惹《ひ》かれて……とても大事で……誰よりも愛おしい彼女。

「悪いが……⁉」

朝比奈の腕を外そうとしたら、突然ドアがガチャッと音を立てて開いた。

誰だ？

ドアに目を向ければ、そこには百合がいて──。

見る見るうちに青ざめる彼女の顔。

「お、お邪魔しました」

ひどく動揺しながら謝ると、百合はドアをバタンと閉めた。

「待て！」

百合を追おうとしたら、朝比奈が俺を引き止めた。

「行かないで！」

「後にも先にも俺の妻はあいつだけだ」

突き放すように告げて、朝比奈の手を外すと、すぐに百合のあとを追う。

「百合！」

俺が呼んでも彼女は立ち止まらず、エレベーターに駆け込んだ。俺を待たずに無情にも扉が閉まる。

あの様子だと朝比奈とのことを誤解しているに違いない。

スーツのポケットからスマホを取り出して電話をかけるが、彼女は出なかった。

気づかないのか、それとも無視しているのか……。

会社の周辺を探したが彼女の姿は見つからず、もしかして家に帰っているのかもしれないと思い、自宅に戻った。だが、玄関に百合の靴はない。

実家に帰った？

そう思って、綾瀬の家に連絡してみたが、お手伝いさんの話では彼女は来ていないとのことだった。

「どこに行った？」

グシャッと前髪をかき上げながら考え、今度は彼女の弟に電話をする。

『颯士さん？　どうかしたんですか？　電話をかけてくるなんて珍しいですね』

ワンコールで出た智也くんは、俺の突然の電話に驚いたようだった。

「今、会社?　百合がそっちに行っていないか?」

事情を説明せずにそう尋ねたら、彼は落ち着いた口調で答える。

『ええ、会社ですけど。姉はこちらには来ていません。喧嘩でもしたんですか?』

「喧嘩ではないんだが、ちょっと……な」

言葉を濁せば、智也くんはひどく静かな声で警告した。多分、ただならぬ雰囲気なのを感じたのだろう。

『僕のたったひとりの姉です。泣かさないでくださいよ』

「ああ、わかっている」

自分にも言い聞かせるように返事をする。

『僕も心当たりを探してみます』

百合のことが心配なのだろう。智也くんはすぐに電話を切った。

実家にいないとなると、百合はどこに行ったのか。

きっと俺よりも智也くんの方が知っているに違いない。

それでも、じっとしてはいられなかった。

「彼女の行きそうな場所……」

そう呟いて、百合と行った江の島の海が頭に浮かんだ。

祖父に言われて仕方なく誘った旅行。彼女が『海に行きたい』と言ったから、結婚前に一度連れていったのだ。

一泊するはずが、海に着いてすぐに仕事の電話がかかってきて、少し浜辺を歩いただけで東京《とうきょう》に戻った。

ひょっとしたらあそこにいるんじゃあ……。

考えるより早く身体が動いて、気づけば江の島に車を走らせていた。

どうか、俺の勘が当たっていてくれ。

なにか事件や事故に巻き込まれていないか心配だった。

百合をひとりにすると、なにをしでかすかわからない。それは、俺がアメリカ出張から帰ってきたときに痛感したことだ。

あのときは、引っ込み思案で大人しい彼女が、まさか俺の会社で働いているなんて想像もしなかった。

アメリカ出張から戻った次の日、いつものように百合を起こさずに出社した。

ずっとひとり暮らしをしていたから身の回りのことは自分でできる。彼女を家政婦代わりにするつもりはなかったし、正直なところ相手をするのが煩《わずら》わしかった。

政略結婚でも百合が俺に好意を寄せているのはわかっていたが、どこか冷めた目で彼女を見ていた。

朝一の役員会議のあと、会議室を出て廊下を歩いていたら、誰かの強い視線を感じ、ゾクッとする。いつものように各部署を回り、最後に総務部に顔を出しときも、また同じような視線を感じた。

仕事のしすぎで疲れているのだろうか。

疲労のせいにしていたが、ランチミーティング後に航平と役員室のあるフロアに戻る途中、眼鏡をかけた女子社員が土下座をしそうな勢いで常務にペコペコ謝っているのが目に入って……。

『申し訳ありませんでした』

聞き覚えのあるその声。

まさか……な。

そう思ったが、嫌な予感がしてよくよくその女子社員の顔を見たら、やはり俺の奥さんだった。

俺が感じた視線は彼女のものだったか。

百合がここにいるということは、航平が関わっているということで……。

『なんで彼女がここにいるんだ？』と弟をギロリと睨みつけた。

『気のせいじゃない？　あっ、俺、もう出ないと飛行機乗り遅れる』

航平はわざとらしく腕時計を見て、そそくさと逃げる。

一体あいつはなにを考えて百合をここで働かせているのか。

彼女を社長室に呼び出して辞めさせようとも思ったが、気づかないふりをして少し様子を見ることにした。

航平の入れ知恵か、彼女は綾瀬の姓を名乗っていて、誰も俺の奥さんだとは知らない。百合を任された総務部の部長も、俺と航平の遠い親戚だと思っている。

家では普段通りにしていたが、会社では百合がなにか失敗をしているんじゃないかと気になり、用もないのにちょくちょく総務部の周辺を歩いて彼女の姿を探した。

だが、探すまでもなく、俺の視界に飛び込んでくる。

ボーッとしていたのか、エレベーターの扉に身体を挟まれ、周囲を気にしてあたふたする彼女。

会社で迷子になり、総務のオフィスの場所を他の社員に聞く彼女。

同僚と楽しそうに社食でランチを食べている彼女。

……なにをやってるんだか。

総務の男性社員が百合に親しげに話しかけているのも気になった。

なぜだか知らないが胸がざわめく。

最初は一歩引いて見ていた。だが、彼女が上司や先輩に叱責される姿を何度も目にするうちに、見る目が変わってきた。

『カレンダーこんなに発注してどうするつもりなの！　返品できないのよ！』

『また常務にメールを誤送信したのか！』

『会議室の予約時間を間違っているわよ！』

一応戸籍上は妻だからだろうか？　聞いているといたたまれない。まるで自分が怒られているように感じた。

叱られるたびに、彼女は何度も頭を下げて謝る。

『すみません。本当にすみません』

あんなに怒られているのに、百合はくじけず健気《けなげ》に頑張っている。その姿を見て、胸が苦しくなった。

単にＯＬごっこがしたかったなら、お嬢様育ちの彼女はすぐに音《ね》を上げて辞めるはず。

それに、彼女は俺の姿を見かけただけで幸せそうに小さく微笑むのだ。俺にバレているとも知らないで……。

わからない。金に不自由しているわけでもないのに、なぜ俺の会社で一社員として働くのか。

そのことに苛立ちを感じずにはいられなかった。

事務の仕事が百合に向いているとは思えない。そろそろ辞めさせるべきだろう。

形だけの夫婦だが、彼女に悪い虫がついても困る。気づいていないふりをするのももうやめだ。

そう思い、ある日転んで書類をばらまいた彼女に近づき声をかけた。

『百合さん、ここでなにをやっているのかな？』

いつも通りにこやかに接したつもりなのだが、少しイライラしていたのかもしれない。

『他人の空似です〜！』

俺の怒りを感じたのか、彼女は大声で叫びながら走り去る。

『……逃げられたか』

苦笑してその場は引き、俺は次の手を打った。【今日は八時に帰る】と彼女に不意打ちでメッセージを送ったのだ。

さっき総務の前を通って百合がまだ仕事をしていたのは確認済み。

仕事を終えて自宅に戻ると、ドタバタ足音がして彼女が玄関で俺を出迎えた。

『お帰りなさい！』

かなり慌てている彼女を見て、ニコッと微笑んだ。

『そんな息せき切ってどうしたの？』

百合が会社にいたのを知ってて聞いているのだから、俺も意地悪な男だなと思う。

だが、これが素だ。

あくまでもしらを切ろうとする彼女を、ドキッとするような発言をして追い詰めていく。

『僕が着替えたら、なぜうちの会社で働いているのか理由を聞かせてもらおうかな。どうせ航平が関わっているんだろうけど』

『あの……その……それは……うっ！』

彼女は後ずさりして俺から逃げようとするが、急に顔をしかめた。

痛みをこらえているようなその顔。

なにかおかしいと思って声をかけると、彼女は足首を怪我していた。ひどく腫れていてかなり痛そうだ。

なぜこんな怪我をしているのに病院に行かない？

無性に百合に腹が立った。

『だ、大丈夫です。すぐに治ります』

痩せ我慢する彼女を怒鳴りつける。

『この馬鹿！　大丈夫なわけないだろ！』

いつもの俺ならもっと紳士的に言えただろう。だが、自分でも怒りをコントロールできなくなっていた。

病院に運ぶ途中、彼女に怪我や仕事のことを問い詰めるが、もう冷静ではいられない。しまいには『他の男でも見つけたくなった？』と、とてもひどいことを言った。

『違う！　ひと目でも颯士さんに会いたかったから。……あっ‼』

百合は強い口調で否定し、すぐにしまったというような顔をして黙り込む。

だが、その言葉が俺の胸に強く響いた。

『……俺にひと目会いたかったからか』

考え込むようにポツリと呟く。

百合のピュアな想い。

俺はじいさんにムカついていて彼女の気持ちを迷惑に思っていた。

だけど百合は俺が本当に好きで……俺に会いたい一心でうちの会社で働いていたんだな。だから、俺を見るとあんなに嬉しそうにしていたのか。

幸い、百合の怪我は軽い捻挫だった。そのことに少しホッとするも、責任を感じずにはいられなかった。

俺が夫としてちゃんと百合に向き合っていれば、こんなことにはならなかったはずだ。

次の日、出張から戻った航平と話をした。

『今後の接待はお前に任せる。異論は認めない。百合の捻挫はお前の責任でもあるからな』

〝横暴〟だと反対するかと思ったが、弟はあっさり引き受ける。

『わかった。その代わり、もう百合さん泣かすなよ』

『……彼女泣いたのか？』

航平の発言に驚いて呟くように聞けば、弟はクスッと笑った。

『兄貴と一緒にいられないのが寂しいって。かわいいよなあ。百合さんに惚れてるくせに変な放置プレイするのやめろよ』

『俺が……百合に惚れてる？』

唖然《あぜん》としている俺とは対照的に、航平はどこか楽しげに返す。

『あっ、やっぱり自覚ないんだ？　いくらじいさんに言われたからって、兄貴が本当に嫌だったら結婚断ってたよ。それに不在中、俺に百合さんの様子見てこいって頼んだのは、心配だったからだろう？』

航平の話を聞いて、目から鱗《うろこ》が落ちた。

百合だから結婚した？

他の女が相手だったら俺は……どうしていた？

じいさんに頑《かたく》なに拒否していたんじゃないだろうか？

確かに……相手が百合じゃなかったら、結婚なんてしなかったかもしれない。

婚約前から、パーティでドレスにジュースをこぼしたり、少し段差のあるところでつまずいたりと、なにかと失敗する彼女から目が離せなかった。

それは、俺が百合に惹かれていたからなのか？　だから、彼女を完全に突き放せなかった？

『……お前の言う通りかも』

じっと考え込みながらポツリと呟く。

『兄貴って恋愛に関しては意外と不器用だな。これからは百合さんと毎晩愛し合って、早く俺に甥《おい》か姪《めい》を見せてくれよ』

ハハッと笑って航平が俺を冷やかしたが、不思議と腹は立たなかった。

代わりに笑みがこぼれて——。

『子供か。百合の子ならかわいいだろうな』

彼女のように愛らしくて、きっとメロメロになるだろう。

そう考えて、気づく。

俺は……百合が好きなんだな。だから、うちの男性社員が彼女と親しくしているのを見て心中穏やかではなかったのか。

そのことを認めると、心はスーッと晴れやかになった。

俺たちは政略結婚ではなく恋愛結婚だったんだ。

その後、仕事はセーブして、帰宅するとなるべく百合のそばにいた。夫としての義務や責任からではなく、自分がそうしたかったから。

もう礼儀正しい夫を演じる必要はない。自分の思うがまま彼女を愛すればいいのだ。

親身に世話をした甲斐《かい》があってか、一週間ほどで百合の怪我は治った。

彼女に仕事を辞めさせようとも思ったが、『また会社に行きたいんですけど』と言われ、もう電車通勤しないことを条件に許した。

だが、彼女は電車の代わりにタクシーを使うつもりでいて、知らず溜め息が出た。

『俺と一緒に行けばいいじゃないか。あまりひとりで行動しないでよ。またどこかで怪我するんじゃないかって心配になるから』

心配なのは怪我だけじゃない。

電車にしろ、タクシーにしろ、なにか犯罪に巻き込まれる可能性がある。本人はアース航空の社長夫人という自覚がなくて、ひとりでホイホイ出歩くからこっちはハラハラするのだ。

もう彼女をひとりにはしておけない。

百合を好きなことに気づいてしまったから——。


道が空いていたせいか、一時間ちょっとで江の島に着いた。駐車場に車を停め、脇にあるコンクリートの階段を下りる。

ここに彼女がいますように——。

そう願いながら浜辺に行くと、静かな波の音が聞こえてきた。目の前には砂浜が広がっていて、綺麗な月が海を照らしている。

大きな流木の真ん中に彼女は座っていた。後ろ姿だが、顔を見なくても百合だとわかる。華奢《きゃしゃ》で、どこか寂しげなそのシルエット。

彼女の姿を見てホッと胸を撫で下ろすと同時に、すぐに駆け寄って抱きしめたくなった。

だが、今それをやったら百合に逃げられるだろう。ちゃんと社長室でのことを説明しなくては。

智也くんに百合が見つかったと手早くメールを打つと、ゆっくりと彼女に近づく。

そして、自分の着ていたコートを脱いで百合の肩にかけた。

「探したよ」

＊＊＊

「本当にここでいいんですか？」

タクシー運転手に何度も確認されたが、江の島の浜辺近くで降ろしてもらった。

周囲にある店は閉まっているし、誰もいない。

自分でも馬鹿なことをしていると思ったけど、ひとりになりたかった。

ここならきっと誰も追ってこない。

静かに海を照らす月が、涙で歪《ゆが》んで見える。十二月の海は寒く、頬に当たる風が痛かった。

颯士さんに連れてきてもらったときは夏だったな。あのときの海はキラキラしてて、彼と一緒に歩くだけでドキドキだった。

でも、彼に仕事の電話が入って、海でのデートは十分程度で終わったんだよね。

もっと一緒にいたかったけど、仕事なら仕方がないって、自分を納得させた。

もし、恋人なら『もっと一緒にいたい』って駄々をこねたかもしれない。それができなかったのは、彼に甘えられるほど親しくはなかったから。

颯士さんは完璧な婚約者だったけど、いつもある一定の距離を保って私に接していた。

婚約者時代に私に見せていた爽やかな笑顔。今思うと、あれは演技だったのかもしれない。

本当の彼はけっこう意地悪なところがあるし、怒ると弟より怖い。

政略結婚だったのに、私はただ彼と結婚できる幸せに舞い上がっていたんだ。

颯士さんに『愛してる』とも『好きだ』とも言われなかったのにね。

「彼の気持ちなんて全然考えてなかった」

颯士さんと朝比奈さん。美男美女でお似合いだ。

私ははっきり言ってお邪魔虫。

自分でもなにかおかしいって気づいていたはずなのに、気づかないふりをしていた。

結婚式で唇にキスしなかったのも、寝室が別なのも、彼が私を愛していない証拠。

それに、颯士さんと朝比奈さんが付き合っていたというような噂も聞いた。

最近、一緒にいる時間を増やしてくれたのは、私が勝手な真似をして怪我をしたからだろう。

綾瀬家の人間だから彼は丁重に扱っているだけ。

そこに愛はないのだ。

私の祖父が綾瀬リゾートの会長でなかったら、私たちは結婚しなかった。政略結婚とはそういうもの。

でも、お金の力で彼を縛りつけるなんて嫌だ。そんな結婚なら終わらせてしまった方がいい。

浜辺をしばらく歩き、流木を見つけて腰を下ろす。

「ハハッ、旦那様に失恋しちゃった」

嗚咽《おえつ》が込み上げてくる。

もっと颯士さんのことを考えていたら、彼の気持ちにだって結婚前に気づいてあげられたかもしれない。

颯士さんが愛しているのは朝比奈さんなのだ。

私の存在が彼を不幸にする。そう考えると、胸が痛かった。

でも、まだ遅くない。私と離婚すれば、彼は朝比奈さんと一緒になれるはず。

彼には幸せになってほしい。

明日、荷物をまとめて彼の家を出ていこう。

そう決めるも、颯士さんへの想いを断ち切れない。

意地悪なところはあっても、私が怪我したときは足の状態を気遣って、いろいろと世話をしてくれた。

最初の印象とは違うけど、彼は根本的に優しいのだ。

優しくされたら愛されているんじゃないかと勘違いする。今日の社長室でのふたりを見なかったら、結婚してよかったと思い込んだままだったかも。

好きな人を忘れるにはどれくらい時間がかかるのだろう。

一カ月？　一年？　それとも十年？

悲しくて……苦しくて……つらい。

ギュッと唇を噛みしめ、涙をこらえようとしたが、あまりに強く噛みすぎて血の味がした。

涙腺が崩壊して涙が止まらない。

そのとき、いるはずもない颯士さんの声が背後からして、肩になにかをかけられた。

「探したよ」

幻聴かと思ったが、次の瞬間、彼が回り込んできて私の顔を覗き込む。

「颯士……さん?　どうしてここに?」

彼の登場に驚いて涙がピタリと止まった。

「百合は海が好きだから、デートが中止になったここに来ているんじゃないかと思って」

穏やかな声で告げる彼から顔を逸らし、ボソッと呟いた。

「……来なくてよかったのに」

義務で来られても余計につらいだけだ。

まさか彼がここに来るなんて思ってもみなかった。

不意に肩に目を向ければ、颯士さんにかけられたダークグレーのコートが目に映る。

優しくしないで。

彼にコートを返そうとしたら、手で止められた。

「こんな寒いところにいたら風邪を引くだろう？　それに、誰かに襲われたらどうする？」

颯士さんに少し怖い顔で注意され、ムッとして言い返す。

「私のことは放っておいて！」

「放っておけるわけないだろ？　俺の奥さんなんだから」

颯士さんは私を諭すような声で告げた。

『俺の奥さん』なんて言わないでほしい。

「奥さんなんて思ってないくせに！」

ドンと彼の胸を叩いて、怒りをぶつける。

ひどい人だ。こっちは必死であなたのことを諦めようとしているのに……。

「ちゃんと奥さんだと思ってるよ」

真顔で言う彼にすごくムカついた。

「颯士さんは、朝比奈さんのことが好きなんでしょう！」

社長室で見た光景が忘れられない。

颯士さんの背中に抱きつく朝比奈さん。

私が彼の妻なのに……。彼から離れて！　何度もそう思った。

嫉妬だ。私はなんて醜《みにく》い女なんだろう。こんなドス黒い感情、知りたくなかった。

「朝比奈には告白されたけど断ってる。俺は百合が好きだから」

彼の告白が信じられなかった。私を好きなはずがない。

「嘘！」

大声で否定すると、彼は苦笑いする。

「自覚したのは最近だし、百合が疑うのも無理はない。でも、パーティで君に会ったときから惹かれていたんだと思う」

「……もう演技しなくていいんですよ。颯士さんは、本当に好きな人と幸せになってください」

俯いて彼に伝える。目を見てはつらくて言えなかった。

私なりの精一杯のエールだ。

「わかった」

彼の返事にスーッと全身の力が抜けた。もうなんの気力もない。

自分から別れを告げたのに、彼と離れるのがつらいなんて……。未練がましい自分に嫌気がさす。

だが、次の彼の発言に、思わず顔を上げた。

「百合、俺ともう一度結婚式を挙げよう」

「は?」

彼の言ってる意味がよくわからない。

離婚しよう……じゃないの?

目をパチクリさせる私に、彼は真剣な顔で説明する。

「結婚したときは、会社の経営のことしか頭になくて、百合の気持ちを考えなかった。自分でも最低な男だって思う。でも、百合が許してくれるなら、結婚式からやり直したいんだ」

「朝比奈さんと付き合っていたんじゃないんですか?」

つい責めるように言ってしまったが、彼は私の目をまっすぐに見て答えた。

「誰に聞いたのか知らないが、彼女と恋人関係になったことはない。高校のクラスメートだったってだけで、ただの部下だよ」

彼の言葉に希望の光が見えた。

「本当に?」

もう一度確認すれば、颯士さんは笑顔で頷く。

「本当だよ。百合のことを好きなのもね。で、返事は?」

「家事ができないダメ嫁でもいいんですか?」

自信が持てなくてそう問うと、月明かりの中、彼の瞳が悪戯っぽく光った。

「そう。ドジで不器用でどこかボーッとしている嫁がいいんだ」

「うっ、そこまで言わなくても……。颯士さんってけっこう意地悪ですよね」

拗ねる私を見て、彼はフッと微笑する。

「そこでいじけない。ここは俺にキュンとするところじゃないかな?」

「自分で言いますか?」

じっとりした目で颯士さんを睨めば、彼は私に顔を近づけニヤリとする。

「俺のこと好きだよね?」

私の気持ちなんてよく知っているだろうに、わざと聞いてくるから質《たち》が悪い。

どうせ否定してもしつこくつつかれるだろう。

「……好きですよ」

目を逸らして渋々認めると、「逃げるなよ」と彼は私の顎《あご》を掴んで口づけた。

柔らかくて温かい、唇の感触。

彼の顔がすぐ近くにあるし、なにが起こっているのか最初は理解できなかった。

でも、彼がキスを終わらせるとハッと我に返る。

「今、キ、キ、キスした？」

心臓をバクバクさせながら聞けば、彼はにっこりと微笑んだ。

「ああ、したよ。実感がないならもう一度しようか？」

「え？」

私の返事を聞く前に、彼は唇を重ねてきた。

今度はパニックになる私。

息が苦しくなってもがいていたら、彼がククッと肩を震わせた。

「窒息死しないでくれよ。式の前に花嫁に死なれては困る」

「だって……!?」

いきなりキスするから……と言い訳しようとしたら、颯士さんが突然私をギュッと抱きしめた。

「今度こそ心から神に誓う。〝百合を生涯愛し続ける〟と」

「颯士……さん」

あまりに嬉しくて、目頭が熱くなる。

これは夢ではないだろうか？

なんだかお酒を飲んでいるときのように身体がふわふわする。

神様、夢ならどうか覚めないで。お願いします！

「もう俺の前から勝手にいなくならないでくれ。百合になにかあったらと心配で……気が気じゃなかった」

声を詰まらせる彼の言葉を聞いて、こんなにも愛されているんだと実感し、涙がスーッと頬を伝った。

「はい」

身体は冷え切っているのに、心はとても温かい。

幸せを噛みしめながら彼に約束した。


二週間後のクリスマス・イブ。

私は颯士さんと、彼が所有する南の島に来ていた。

結婚式とハネムーンのために彼が二週間休みを取ってくれたのだ。

航平くんの話では、颯士さんがこんなに長い休暇を取るのは初めてらしい。

江の島から戻ってから、いろいろな変化があった。

社長秘書だった朝比奈さんは、家業を手伝うとかで退社した。

今、社長秘書はふたりいて、第一秘書が颯士さんの大学の後輩でもある男性社員。アンドロイドのような人で仕事も完璧。で、第二秘書がなんと私なのだ。

なぜかというと、颯士さんが会社の忘年会で私の正体を全社員に告げ、次の日秘書室に異動になったから。

すでに根回ししてあったのか、秘書室の人たちは私を笑顔で迎えてくれた。仲良くなった総務の女の子にはすごく驚かれたけど、『百合ちゃんみたいな子が社長の奥さんでよかった。秘書室でも頑張って』と言ってくれたのが嬉しかった。

正直言って、第一秘書がいるし、今の私はいてもいなくてもいい存在だと思う。でも、頑張っていつかちゃんと秘書室の一員になりたいし、颯士さんにも私の仕事を認めてもらいたい。それが私の目標。

颯士さんとの仲は上手くいっている。お互い遠慮がなくなり、本音を言い合えるようになった。

でも、私がまだ男性に慣れていないのもあってか、寝室は別。颯士さんの上半身裸を見ただけで、もうキャーキャー大騒ぎ。私の反応に彼は『俺はお化けか』と苦笑したけど、やっぱり弟と違ってどうしても意識してしまう。

颯士さんは『百合のペースでいいよ』と言ってくれているし、少しずつ本当の夫婦になっていければいいな。

明日、私たちは島の高台にある教会で二度目の式を挙げる。

ふたりだけの式だ。

今、私と颯士さんは、サンセットを見るために、クルーザーで海に出ている。

私は水色のサンドレスで、颯士さんは白いTシャツに黒のハーフパンツというラフな格好。

風が穏やかでとても心地いい。

颯士さんはテーブルのグラスにシャンパンを注ぐと、私に手渡した。

「明日の結婚式に乾杯」

彼はグラスを掲げ、私と目を合わせて微笑む。

クリスマス・イブって寒い冬のイメージしかないけど、暖かい南の島で過ごすのもまた違った趣《おもむき》があっていい。

彼と初めて過ごすイブが式の前日だなんて、なんて素敵なんだろう。

フフッと笑みを浮かべながら、シャンパンを口にする。

「あっ、このシャンパン、甘くて美味しい。もっと欲しいな」

颯士さんに上目遣いでお願いしたら、笑顔で却下された。

「ダーメ。百合はお酒弱いから。会社の忘年会で酔い潰れただろ?」

その話題に彼への怒りが沸々《ふつふつ》と甦《よみがえ》る。

一週間前の会社の忘年会。私は酔い潰れて寝てしまったらしい。それでいつも私に優しくしてくれる総務部の男の先輩が送ろうとしたら、颯士さんが出てきて『彼女は俺の妻だから。俺が送る』と全社員の前で言い、私をお姫様抱っこして会場をあとにしたとか。

私はまったく記憶になかったけど、次の日航平くんが『あんなドヤ顔の兄貴初めて見た』と喜々とした顔で説明してくれたのだ。

絶対、颯士さんは私を秘書室に異動させるためにみんなにバラしたんだと思う。自分の目の届くところに私をいさせた方が安心だからだ。

ホント、心配性なんだよね。

「……颯士さんのケチ」

忘年会での恨みもあってブスッとした顔で文句を言ったら、彼はニヤリと笑った。

「そんなかわいくないこと言うと、お仕置きするよ」

その不穏な声に身体がゾクッとする。

「お仕置きって……？」

恐る恐る聞けば、颯士さんは私との距離を詰め、悪魔な顔で告げる。

「今日はイブだし、一緒に寝ようか？　百合のペースでいい、とは言ったけど、俺も我慢の限界なんだ」

妖《あや》しく光るその瞳。

「ハハッ……ご冗談を」

彼から逃れようと大きく仰《の》け反《ぞ》ったら、ズルッと身体が滑って、クルーザーから落ちそうになった。

「キャッ！」

叫ぶことしかできない私の腕を、颯士さんがしっかりと掴んで引き戻す。

「ホント、危ないな。夕日と一緒に海に沈む気か？」

ハーッと溜め息をつく彼にしゅんとしながら謝る。

「……ごめんなさい」

なんか気まずい。

落ち込む私を見てフッと微笑する彼。

「まあ、百合らしいけど。あっ、見て。夕日が海に溶けていくみたいだ」

彼が指差す方に目を向けると、水平線の彼方に真っ赤な夕日が沈んでいくところだった。

「わあ、綺麗〜」

思わず感嘆の声をあげたら、彼は「ああ、綺麗だな」と静かに呟いた。

彼と目が合い、引かれ合うようにキスをする。

その甘くて、熱のこもった口づけに、我を忘れた。

いつ彼がキスを終わらせたのかわからない。夢見心地でボーッとなっている私を颯士さんはからかった。

「これで、明日の誓いのキスはバッチリだな」

彼の発言に顔の熱が上がる。

「もう！」

バシッと颯士さんの胸を叩くと、彼はハハッと声をあげて笑った。

そんなひとときがとても愛おしい。

いつの間にか夜が訪れていて、空に星が輝き出した。

「星が綺麗〜。プラネタリウムみたい」

夜空を見上げてはしゃぐ私に颯士さんがツッコむ。

「こっちが本物だけどね。つくづく百合って天然だと思うよ」

私に呆れているというよりは、おもしろがっているようなその声音。

あ〜、馬鹿なこと言っちゃった。

「……弟にもよく言われる」

恥ずかしくて顔が火照《ほて》り、頬を押さえていたら、彼が意外な言葉を口にする。

「百合と智也くんは仲がいいから、妬《や》けるな」

「颯士さんと航平くんだって仲いいじゃない?」

そう指摘すると、彼は小さく笑った。

「俺たち兄弟とは、ちょっと違うんだよ。百合と智也くんは姉弟でも一番近い異性だから」

颯士さんの説明でもいまいちピンとこない。

「うーん、ただの弟だけど」

首を傾げる私の頬に、彼は愛おしげに触れる。

「まあ、あまり深く考えなくていいよ。ただこれからは百合の一番身近な存在は俺でありたいって思っただけ」

に口づけた。


「私の一番は颯士さんだよ」

まっすぐに彼を見て伝えると、世界で一番大好きな人は「俺も」と甘く微笑んで私に口づけた。

この顔……好き。ううん、どんな顔でも全部好き。

目を閉じて彼のキスに応えながら思う。

キスが終わって目を開ければ、満天の星が私たちを魅了した。

「空から星が降ってきそう。サンタからのプレゼントかな？」

星空に感動しながら颯士さんに目を向ける。

「そうだな」

ニコッと微笑んで相槌を打つと、彼は私を抱き寄せた。

それからどれだけ星を眺めたのか。

ふたりで過ごすロマンチックな夜。

サンタの贈り物はそれだけではなかった。

次の日の朝、窓から差し込む日差しで目が覚めた。

「う……ん」

目を開けたら、目の前に颯士さんの秀麗な顔があってビックリ。

え、ええ〜⁉

ここはヴィラのベッドだ。

私、またお酒に酔って寝ちゃった？

彼の顔を凝視しながら、昨夜の記憶を辿《たど》るが、いつヴィラに戻ったのか覚えていない。それに、サンドレスを脱いだ覚えもないのに下着姿になってて——。

「颯士さんと寝た〜？」

あまりに動揺して大声で叫べば、彼がムクッと起き上がった。タオルケットがめくれ、颯士さんの上半身が露《あら》わになる。

均整の取れた綺麗なその肉体を見て動揺する私。

「キャ……⁉」

金切り声をあげようとしたら、彼が私の口を押さえた。

「騒ぎすぎだ。少しは慣れろよ」

耳元で話されると、余計にドキッとする。

それなのに、彼は私を抱き寄せ、その胸に閉じ込める。

「ほら、怖くない」

からかうような声で囁く彼。

確かに怖くはない……けど、心臓発作で死にそう。

「……颯士さん、もう限界」

力なくそう声をかけたら、彼がベッドサイドのテーブルに手を伸ばし、私の首にななにかをつけた。

「これ……」

胸元には三カラットはありそうなダイヤが、目に眩《まぶ》しいくらいにキラキラ輝いている。なんて綺麗なの。

「昨日見た星が落ちてきたんじゃないか?」

颯士さんは驚く私を見て、とびきり甘い顔でジョークを言う。

「ありが……とう」

彼のサプライズに胸がジーンとなって声が上手く出なかった。

私のために選んでくれたのかと思うとすごく嬉しくて……。

実は、婚約指輪も結婚指輪も有名ブランド店で彼に『どれがいい?』と聞かれて私が選んだのだ。

素敵なクリスマスプレゼントに感激して思わず涙ぐんだら、彼は恭しくそのダイヤに口づけた。

「よく似合ってる。今日のウェディングドレスにもきっと合うよ」

ニコッと微笑む彼が上半身裸ということも忘れ、ギュッと抱きついた。

私のサンタは、旦那様。世界にひとりしかいない私だけのサンタだ。

「とっても綺麗。きっと素敵な結婚式になるね」

颯士さんを見上げれば、彼が熱い目で私を見ていた。

「昨日は百合がぐっすり寝ててお預けだったし、このままベッドを出るのは惜しいな」

「え？　なにもなかったの？」

驚きの声をあげたら、彼は至極残念そうに頷いた。

「そう。ただ添い寝しただけ」

「なんだあ。添い寝ね」

てっきり彼に抱かれたのかと思った。

安心する私に顔を寄せ、颯士さんはセクシーボイスで囁く。

「今夜は寝かさないから覚悟して」

顔が一気に熱くなる。

男の人なのになんでこんなに色気があるの？

世界中探しても、私をこんなにドキドキさせるのは彼しかいないだろう。
今日、私は颯士さんと二度目の式を挙げる。
一度目は、ドキドキハラハラしっぱなしだった。
今度は落ち着いて、と思ったけど、やっぱり緊張するかもしれない。
でも、彼のその悪戯っぽい眼差しが愛に満ち溢れていて、私の心を温かくする。
彼がそばにいるから大丈夫。
だから、私も心から神様に誓おう。
病めるときも健やかなるときも颯士さんを愛し続けると――。

END

逃亡花嫁

～誰よりも可愛いキミと～

pinori

The eve marriage

Anthology

――大好きな人と結婚できる女性は、世界にどれくらいいるんだろう。

九条《くじょう》さんとの結婚式を明後日に控え、ぼんやりとそんなことを考える。

十二月の寒空を覆う雲はもくもくと厚みを増し、太陽の存在を隠していた。


私、七瀬《ななせ》一華《いちか》が勤めるのは日本中に支社を持つ大手ハウスメーカーだ。戸建やマンションなどの住居を主に取り扱っている。その中で総務部に配属されて約四年が経つ。

定時を一時間ほど過ぎた十八時四十分。これから例年にない大雪になるという予報を受けて、社内は一気に帰宅ムードになっていた。

「電車が止まる前に早急に帰るように」

部長の忠告に、社員は各々「はーい」だったり「了解っす」だったりと返事をしてから、パソコンをシャットダウンして帰宅準備を始める。

「特に七瀬は気を付けて帰れよ。明後日は晴れ予報だ。安心して式に臨むように」

みんなの前で名指しで言われ、照れながらも「はい。ありがとうございます」とお礼を言うと、残っている社員から「そうだった！　楽しみにしてるからね」と次々に声をかけられる。

「次に会うときは、〝九条一華〟かー。部署内で一番若い七瀬ちゃんに先越されるとは思わなかったなぁ」

「しかも、あの九条とだもんなぁ。聞いたときは完全に冗談だと思った」

「七瀬ちゃん、泣かされたら言うのよ。腕の立つ弁護士一緒に探してあげるから」

優しい先輩たちに心配され、苦笑いを浮かべながらも「ありがとうございます」と述べ、私もパソコンの電源をおとす。

そして、まだ残っている社員に挨拶をしてから待ち合わせ場所である喫煙室に向かうと、ガラスを挟んだ向こう側に九条さんの後ろ姿を発見した。

上背のある大きな背中が視界に入っただけで、胸がキュンと甘く鳴く。

こんなに格好いい背中をした人は九条さんだけなんじゃないだろうか、なんていうのは欲目だとわかっているけれど、ときめく心は自分でも止められない。

出逢ってから約二年。水曜日と金曜日にここで待ち合わせするようになってからは、もう一年になる。早いものだなぁと考えながら、喫煙室のガラスをトントンとノックしてみるけれど、九条さんは気づかない。隣に立つ同期の小野田《おのだ》さんとなにか話しているようだ。

直接声をかけるために喫煙室のドアを少し開けると、ふわっと煙草のにおいが漏れてきて、同時に中から九条さんと小野田さんの会話が聞こえてくる。

「ついに明後日ね。九条の結婚式」

しっとりとした色気を含む小野田さんの声に、九条さんは「んー？　ああ」と、さほど興味なさそうに答えた。

小野田さんの口から出た〝結婚式〟という単語に、なんとなく……本当になんとなく、胸騒ぎを感じた。

ガラスの向こうにいるふたりの後ろ姿に、胃の上のあたりがザワザワしだす。声もかけられないまま、思わず胸の前で手を握りしめた。

「式の準備とかドレス選びとか、どんな顔でしてたの？　想像もつかないんだけど」

九条さんと、小野田さん。ふたりの煙草の先から立ちのぼる煙が空中で交わると胸騒ぎがさらに激しくなった。ドクドクと不穏な音で響く鼓動をなんとか整えようとする私の視線の先で、九条さんが白い煙を吐く。

「別に普通」

「あまり興味なさそうにしてたら振られるわよ」

「だから、してねぇって」

「どうだか。どうせ、結婚自体、九条は特に興味ないでしょ」

クスッと笑った小野田さんに、九条さんが答える。

「まぁなぁ……。結婚したいとか考えたことなかったからな」

呼吸がひゅっとおかしな音を立てた。

小野田さんの言ったことを九条さんが肯定するのを聞いた瞬間、あんなにうるさかった鼓動がピタリと止まり、時間まで止まった気がした。

あまりの衝撃にすべてがストップしてしまった私をからかうように、ふたりの煙草の煙だけがゆらゆらと動く。

「結婚とか似合わないものね。九条の嫌いな責任たっぷりの生活がこれから待ってるっていう、今の気分は？」

「さぁなぁ」

ほんの少しでいいから否定してほしいという願いは無残にも砕かれ、パラパラと落ちていく。

九条さんが結婚したくないなんて知らなかった。責任たっぷりの生活を嫌がっているなんて知らなかった。だって……私の前では、そんな顔一度もしなかった。

……もしかしたら。私が結婚したそうに見えたのだろうか。

二十四年生きてきた私の初めての恋人は九条さんだ。五歳年上の二十九歳。営業部のエースとしてこの会社で働いている。

整っている顔立ちとがっしりとした体格、そして接しやすさから惹かれる女性は少なくない。〝男の色気〟というものを、私は九条さんを前にして初めて理解したほどだ。そんな九条さんと付き合っていく中で、理想と現実が違うことはわきまえているつもりだったけれど、それでも夢見た発言をしていたのかもしれない。

だから九条さんは、私の願いを叶えてくれようとして、望みもしないプロポーズをしてくれたんだって考えたら……悲しいけれど、しっくりくるような気がした。

『それ、いいな。俺は今までの中で一番好き』

五着目のウエディングドレスに袖を通した私を見て、目を細めた九条さんの優しさを思い、唇をキュッと噛みしめた。あれだってきっと、内心飽きていたのかもしれない。

それなのに、私ときたら九条さんの気持ちも知らずに喜んでしまった。結婚したら名前で呼ぶことになるだろうし、なんて思って〝貴也《たかや》さん〟って呼ぶ練習までこっそり始めてしまっていた。

九条さんが本当は結婚を嫌がっているとも知らず、私はなにを浮かれていたんだろう……。激しい自己嫌悪とショックに襲われ動けなくなっている間も、ふたりの会話は続く。

九条さんの顔を覗き込んだ小野田さんは、呆れたように笑い煙草を吸う。けれど私の位置からは、ふたりの顔が見えない。

「なにその顔……槍でも降るんじゃない」

今、九条さんはどんな顔をしているんだろう？

「降るかもな。……そういえば、今日はこれから大雪になるって予報だったよな。降られないうちにあいつ拾って帰らないと……」

九条さんは、煙草を灰皿に押しつけると同時に振り向く。途端、彼と私の目が合って――。

驚きから目を大きくする九条さんがなにか言う前に、咄嗟に逃げ出していた。

最初から、おかしいとは思っていた。だってあまりに私と九条さんは違うから。女性に人気のある九条さんと、異性と付き合ったこともないどころか、これが初恋状態の私とじゃ、釣り合わないことなんて最初からわかっていた。

それでも……好きになってしまった。その上、両想いになれたと思い込んで浮かれてしまって、肝心なところが見えていなかったのかもしれない。

「一華。おい、どうしたんだよ」

後ろから追ってくる九条さんに、走りながらも「社内で呼び捨ては……」と言いかけると、すぐに「今さらだろ」と笑われる。

「公認の仲だし、みんなを結婚式にも招待してるのに」

九条さんはなにかと注目を浴びる人なのに、交際を隠す気がなかったからなのか、彼と私の関係は、付き合い始めて数カ月後には社内に広まった。それでもやっぱり、プライベートな部分を同僚や先輩に見られてしまうのは恥ずかしいし、仕事の邪魔になりかねない。

だから、社内では名前で呼ぶのはやめてほしいとお願いしたのに、九条さんは『誰も気にしないって』と軽く笑うだけで真面目に受け止めてくれた例《ためし》がない。

つい最近私の部署に来たときも、部長やみんなのいる前で『一華、今日あれ作って。チーズが入ったオムライス』と話しかけてきたものだから、その日私が残業しようとすると、部長から『七瀬はそろそろ帰ったほうがいいんじゃないか？　九条にオムライス作るんだろ?』なんて冷やかされてしまった始末だ。

そんな部長は、結婚祝いにと時短でできるメニューがたっぷりと載った分厚い料理本をプレゼントしてくれたっていうのに……ああ、あれも無駄になってしまう。

「ごめんなさい！　九条さんが結婚したくないなんて、私、知らなくて……」

「は？　なんの話だよ。一華、待てって――」

追いかけてくる声を振りきるように、エレベーターホールを目指して走った。

＊　＊　＊

ノベルティの入った段ボールをふたつ縦に積み上げると、思ったより重くバランスも悪くなった。でも、これくらいの量ならひとりでいけるだろう。

そう踏んだ私が、バランスを崩しそうになったり、抱えた段ボールに眼鏡をぶつけたりしながらエレベーターに乗り込むと、先に乗っていた男性から『大丈夫か？』と声をかけられた。

『大丈夫です。お気遣いありがとうございます』

段ボールの横から顔を出し、笑顔を向けた途端だった。バランスを崩した段ボールがボコンと重たい音を立て床に落ちる。

横を向いてしまった段ボールからはノベルティのハンドタオルが滑り台のように流れ落ちる。その場にしゃがみ込み慌てて手を伸ばして止めていると、一緒に乗っていた男性の笑い声が聞こえてくる。

『どこが大丈夫なんだよ』

クックという明るく軽い笑い声につられるように顔を上げると、男性が隣にしゃがんだところだった。

凛々しい眉に、優しく細められた目。スッと通った鼻筋に形のいい唇。しっかりとした身体つきはスポーツマンを連想させるほどだった。

首から下げられた〝九条貴也〟という名札が揺れるのを見てハッとする。社内でなにかと話題に挙がる人だ……と眺めているとハンドタオルを拾いながら九条さんが言う。

『こんなの男に手伝わせればいいだろ』

九条さんがうつむくと、少しクセのある黒髪が目元を覆う。横から見ると耳が半分隠れてしまうくらいの、社会人としては少し長めの髪型だった。

『どうかしたか?』

うっかり見とれてしまっていたことにハッとして、慌てて『なんでもありません』

と言い、ハンドタオルを拾う。ひと箱分が見事に散乱してしまっていた。

勢いよくうつむいたせいで、耳にかけていたロングの髪が落ち、顔を覆う。それを再度耳にかけていると、九条さんに聞かれる。

『〝七瀬一華〟か。一年目？　ずいぶん、若そうだな。高校生くらいに見える』

私と同じく社員証を見たんだろう。

〝若そう〟と言われ、苦笑いを浮かべながら『高卒で四年目なので、二十二歳です』と答える。

二重のクリッとした目や小さな鼻、そして薄い唇といったパーツのせいなのか、若く見られることが多い。それはいいことなのかもしれないけれど、童顔は少しコンプレックスでもあった。

『へぇ。……なんで嫌そうなんだ？　女の子は若く見られたほうが嬉しいもんだろ』

『もちろんそうなんですけど……せっかく働いているんですし、少しは大人の女性に見られたくて』

九条さんはハンドタオルを拾いながら『ふぅん』と呟く。

『大人の女性に見られたくて、こんな重たいもんひとりで運んでたわけか』

話題のつなげ方にふふっと笑みをこぼしてから、集めたハンドタオルを段ボールの上で整える。

『他の方の手を借りるのも申し訳ないですし、これくらいなら私ひとりでも大丈夫だと思ったんですけど……すみません。結局お手をわずらわせてしまって』

苦笑いをこぼして謝ると、九条さんは『ん、いや、それは大丈夫だけど』と言い、私をじっと見つめた。そして、手を伸ばすと私のかけていた眼鏡を取る。

突然伸ばされた手に驚いた私のことなど気にするでもなく、九条さんは両手で眼鏡をいじり首をかしげた。

『これ、若干曲がってないか？　今、段ボールにぶつけたりしたせいか……あ』

眼鏡を奪われ、視界はぼやけている。けれど次の瞬間、九条さんが私の眼鏡を真っぷたつに割ったことだけは確認できた。

パキッという悲しい音に『あ……』と思わず声を漏らすと、九条さんは『あー……悪い。折っちゃった』とバツの悪そうな笑みを浮かべたのだった。

そんなことがあった週の土曜日。私は会社からふたつ離れた駅のポスト前に立っていた。眼鏡を弁償してくれるという九条さんが、『土曜日の十一時にポスト前で待ってて』と言ったからだけど、正直期待はしていなかった。

だって、あの九条さんだ。仕事に関しては知らないけれど、『恋愛方面に関しては軽い』と常にどこかで噂されているのは知っていた。彼は真剣な交際を面倒くさがって、女性とは適当に遊んで楽しむことしかしないらしい。

ひとりの女性に縛りつけられるのが根っから嫌いだという噂は、女性社員全員に広がっていた。

『女の敵だけど……いい男なんだよねぇ。あのフェロモン指数はやばいって』

『ねー。低くていい声してるし顔も身体もいいし。たまに腰砕けそうになるもん』

誰かが話しているのを私も聞いたことがあるけれど、つまり魅力溢れる罪作りな男性なんだろう。

たしかに、男性を好きになった経験のない私でも、うっかり見とれてしまうほどの外見をしていたし、話題も豊富で楽しくスムーズに会話できた。

噂通り九条さんはモテる人なんだろう。

それだけに、きっと週末は女性との約束で忙しいはず。

だから、あんなのは口先だけの約束で、実際は来てくれないかもしれないなぁと、失礼ながら思っていた。でも。

『七瀬。早いな』

待ち合わせ時間五分前に、九条さんはきちんと来てくれた。そして、まさか来るとは思っていなかっただけに目を丸くしてしまっている私を見て、『じゃあ行くか』と笑ったのだった。

土曜日の駅前通りは混雑していて、通行人とぶつからないように歩くのが大変なほどだった。背の高い九条さんと違って、一六〇センチ足らずの私は気を抜くと簡単に人混みに紛れてしまいそうで、九条さんの隣にぴったりとくっついて遅れないように歩くのがやっとだ。

そんな私に気づいたのか、九条さんが、なにも言わずに歩く速度を緩めてくれたときには、優しい人なんだなと思った。

『すみません』

『ん？　なにが？』

『歩調、合わせてもらって』

『いや。全然。こっちこそ、気づくのが遅くてごめん。そういうのは遠慮しないで言ってくれると助かる』

申し訳なさそうに微笑まれ、その顔に一瞬見とれてしまってからハッとする。

『あ、そうですよね。はぐれたりしたら余計に九条さんに迷惑がかかっちゃいますし。

すみません。気を付けます』

九条さんは『そうじゃなくて』と笑ってから、私をじっと見た。

『七瀬って、いつもそんなふうに遠慮ばっかりしてるのか？　疲れない？』

『いえ。どちらかというと周りに気を遣わせている状態のほうが落ち着かないので』

誰かが自分を気にかけてくれているんだなって気づいた途端、申し訳なくなってしまう。そう説明すると、九条さんは『ああ、なるほど』となにかに納得する。

『だから必要以上に申し訳なさそうにしてたのか。エレベーターで俺が〝大丈夫か〟って声かけたとき』

〝そんな顔をしていたのか〟と〝そんなことまで覚えてくれていたのか〟の、ふたつの意味で驚いた私に、九条さんは『そんなに気にする必要ないのに』と笑った。

その顔を見て……人気が出るはずだ、となんとなくわかってしまった。

私の性格を否定しているわけではない、優しいトーンの言葉はすとんと胸の底に落ち、温かくなる。

今まで周りに何十回と言われた〝気にしすぎ〟の言葉とは、まるで違うものに思えるから不思議だった。

『目、どれくらい悪いの？』

信号待ちの最中、九条さんが眼鏡ショップに向かいながら聞くから、数メートル先にあるビルの看板を指差す。

『あの看板に書いてあるビルの名前がぼやけるくらい……えっと、あの……？』

私が指を上げると、九条さんが腰をかがめ顔を寄せるから思わず肩が跳ねる。きっと、私と同じ位置から看板を見ようとしているんだろうということはわかったけれど、あと数センチで頬が触れるほどの近距離にいることに、緊張せずにはいられなかった。

ふわっと煙草の匂いがする。

『ん？　どうした？』

『あ、あの、顔がその、近くて……』

不思議そうに聞く九条さんに、返す声が震えてしまった。するとしばらくして『もしかして、この距離感、慣れてない？　苦手？』と聞かれ、うなずいた。

『あ……かもしれないです。すみません……』

自分で意識したことはないけれど、これくらいで固まってしまっているんだからそういうことなのかもしれない。

二十二年間、誰とも交際にまで発展しなかったのは、ただ単に私が恋愛に興味がないからというだけではなかったのかもしれない。そもそも男性に近づくこと自体が苦手ということも理由のひとつだったのかも……。そう気づいてハッとしていると、九条さんは『信号、青』とエスコートするように私の背中をそっと押して言う。

『別に謝る必要ないだろ。苦手なものくらい誰にでもあるし』

『……そうですね』

横断歩道を渡りながら話す。九条さんは、歩調を私に合わせてくれたままだった。

『ちなみに俺はピーマンが苦手だな』

『ピーマン……』

『あんな苦いのに、なんでわざわざ食うのか意味がわからないだろ』

同意を求められ、首を傾げる。

『そうですか……？　私は結構好きですけど』

『すごいな、尊敬する』

本当にすごいものでも見るみたいな顔をされ、思わずふっと笑ってしまった。

身体はとても大きいのに、子どもみたいなことを言う九条さんがおかしくて……気づけば緊張はとけていた。

それが、九条さんとのスタートだった。

そして、眼鏡の弁償から二週間。

九条さんと社食で会うたび、なぜか彼は私の隣に座って一緒にランチするようになった。そこで初めて、私の部署の峯田《みねた》先輩が九条さんの同期だということも知った。

最初こそ、ひどい噂ばかり聞いていたから近づきにくかったけれど、社食で話すようになってからは、少しの緊張もなくなっていた。細かいことにこだわることのない緩い雰囲気は隣にいてとても心地がいい。

私が言葉に詰まっても九条さんは決して先を急がずに待ってくれたし、どんなにつまらない話題でも『なんだ、それ』と呆れたみたいに笑ってくれた。一度だって、面倒そうな顔も冷たい反応も返さなかった。

そんなこともあり、噂なんてあてにならないと思い始めたとき、ふとあることに気づいた。

九条さんがひどいのは恋愛対象になる〝女性〟に対してだ。つまり私はそういう対象じゃないから、優しくしてくれるのかもしれない。

そういうことかとひとり納得し……同時にわずかに痛んだ胸に戸惑っていると、周りからの視線に気づく。少し先に座っている女性社員ふたりが、こちらを見てひそひそとなにかを話しているようだった。

知らない人だけどなんだろう……と気にしていると、九条さんが席を立ちながら『あれは、たぶん俺』と言うから、私もあとに続いて食器を返却口に戻す。

そして、エレベーターホールに向かって歩き始めたところで、九条さんが口を開いた。

『さっきの。お互いの恋愛観を納得の上で付き合ってたんだけどさ、急に向こうが本気になっちゃって。俺は、お互いに気楽な付き合いを楽しんでいると思ったのに結婚迫られたから、その気はないって言ったら平手打ち』

『えっ』と、エレベーターホールに着き、足を止めたところで『えっ』と驚くと、九条さんはトントンと自分の頬を指さして苦笑いを浮かべた。

『まだ痕残ってるだろ』

『そうなんですか？　見た感じだとなにも……』

腰を屈《かが》めた九条さんの顔を覗き込んだとき。チュッと頬にキスされ、驚いて固まってしまった。

今、なにが起こったのかが理解できずにいる私を見た九条さんがおかしそうに笑うから、それにハッとしてようやく口を開く。

『なに……なんで……』

頬にキスされた、というだけの出来事をここまで理解できなかったのは、九条さんにとっての私はそういう対象じゃないんだなと考えた直後だからだ。

ただの冗談……？　でも、冗談なんかでこんなこと……とグルグル考えている私の背中を押しながら、九条さんは『こういうの、苦手なんだろ？　だからリハビリ』と答える。

九条さんに促されるままエレベーターに乗り込む。

『リハビリって……』と戸惑ったままの私に、九条さんは楽しそうに笑っていた。

『リハビリっていうより、ショック療法か。効いた？』

まるで、小学生が先生にしかけたイタズラが成功したときみたいに無邪気に笑う九条さんを、キョトンとしたまましばらく見ていたけれど……次第に腹が立ってきて口を尖らせる。

私は、キスされてドキドキしているのに、一方の九条さんは何事もなかったように涼しい顔をしている。それがなんだか嫌で、気づけば不機嫌を前面に出してしまっていた。

すると、九条さんは笑うのをやめて私の顔を覗き込む。

『怒ってる？』

顔色をうかがうような声で聞かれ、一拍間を空けてから口を開いた。

『……怒っていません。でもああいったことはきちんと好きな女性とするべきです。からかい半分でするような行為じゃありません』

言った途端、襲ってきた後悔に息が詰まった。さっき、社食で生まれた感情が入り混じったせいで、出た声は思いのほかきついトーンになってしまって自分でも驚いた。

言った内容も責めるような口調も、完全に八つ当たりだ。なぜだか九条さんにそういう対象だって思われていないことが悲しくて、キスのあとなんでもない顔をされているのことが悔しくて、つい……。

こんなこと言うべきじゃなかったとすぐに弁解しようとしたけれど、私よりも先に、九条さんが口を開いた。

『おまえ、男に慣れてないわりには目を逸らさないで自分の意見ハッキリ言えるんだな』

突然〝おまえ〟と言われ、一瞬戸惑ったけれど、意外そうに言う九条さんの瞳には怒りの感情は浮かんでいない。

そこに少しホッとしながら、謝るためにじっと見上げる。

『今のは不躾《ぶしつけ》な発言でした。すみません。あくまでも私の個人的な意見ですので、聞き流してくれて構いません』

完全に出すぎた真似だった。九条さんが誰に挨拶代わりのキスをしようが、誰にそれ以上のキスをしようが自由で、そこに私が意見できる権利なんてない。

私が謝ると、九条さんは『個人的な意見って言えば、まぁそうなんだろうけど』と笑う。

『不思議とそんな悪い気もしてないから大丈夫。みんな俺の恋愛観を知ってから、あきらめてなにも言ってこないんだ。だから、今みたいに面と向かって注意されるのは新鮮だった』

ニッと口の端を上げた九条さんを少し眺めてから首を傾げる。

『……注意してくる方、誰もいないんですか？』

『んー、ひとりだけいるかな。峯田。あいつ、俺と違ってクソ真面目だろ。だから顔合わせればいつも説教されてる』

口の端を上げながらの言葉には、嫌悪の感情なんて少しもない。むしろ、楽しそうで嬉しそうな顔を見ていたら、自然と笑みがこぼれていた。

『いつもお説教されてても、峯田先輩のこと嫌いではないいんですね』

『なんで？』

『そんな顔してたので。……九条さんって、ピーマン苦手だったりお説教されるのが嬉しかったり、可愛いですね。噂とは全然違う』

クスクスと笑っていると、不意にこめかみのあたりに触れられビックリする。

見れば、九条さんが私の眼鏡のテンプルの部分に指の背で触れていた。

じっと見つめられ『あ、あの……？』と声をかけると、九条さんはしばらくそうしたあとで言う。

『この眼鏡、似合ってるな。可愛い』

『え、あ、ありがとうございます……』

九条さんが一緒に選んでくれた眼鏡は、オーバルの細いフレームのものだ。角は丸みをおびているから柔らかい印象でとても女性らしい。

黒とブラウンで迷っていたら、九条さんがブラウンのほうがいいと選んでくれた。だから、こうして似合っているって言われるのはとても嬉しいのだけれど……それよりなにより、さっきから頬に触れる手が気になって仕方なかった。

するっと頬をなでた九条さんは、今度は私のストレートの髪をすくい上げて眺める。

『おまえの髪って真っ黒じゃないよな。微妙に茶色いけど、これって地毛？』

『あ、はい……。母親がそうなので、遺伝みたいで』

心臓がドキドキうるさいせいで、呼吸が震える。

体験したことのないくらい甘くしっとりと色づいた雰囲気に、どうすればいいのかがわからない。ただ戸惑うことしかできない私を九条さんがじっと見つめる。

『ふぅん。……可愛い』

それはきっと髪のことだ。茶色がかった髪色が可愛いってそういうこと。そう思うのに……九条さんが私の瞳を見て言うから、胸の高鳴りが収まりそうもなかった。


九条さんと社食で一緒にランチをとるようになってから二カ月が経った頃、少し重たい風邪を引いた。それまで病欠なんてなかっただけに、会社を休むことにはためらいがあったけれど、無理して出社したところで周りに迷惑をかけるだけだ。

そう思い、会社を休んだ二日目の夜。

インターホンが鳴り、まだダルさの残る体を起こしてドアホンで確認すると、そこには九条さんが映っていた。

どうしてここに?と思いつつ、私は慌てて玄関に駆け寄りドアを開けた。

『どうしたんですか……?』

スーツ姿の九条さんは、『風邪引いたんだって?』と言いながら、有名百貨店の紙袋を差し出した。

『はい……。もうだいぶいいので、明日には出社できると思いますけど……これ、どうしたんですか?』

紙袋に入っていたのは、高級感のある個装されたあんみつだった。紙袋を前に驚いていると、九条さんは『見舞いにと思って』と言ってから、私の顔をじっと見つめた。

『お見舞い……すみません』

九条さんと私は、社食でよく一緒に食事している。

私にとってそれは結構特別なことなので、彼とは親しくなった気になってしまう。けれど、男女問わず人気のある九条さんにとってみれば、私と一緒にランチすることぐらい、たぶんなんでもないことなんだろう。普段からそう考えるようにしていた。だから、わざわざこんなふうにお見舞いに来てくれるなんて思ってもなかったし、驚いていた。

病欠のことは、峯田先輩にでも聞いたとして、どうして家の場所を知っていたのだろう。そんな疑問が頭をよぎったけれど、熱でぼうっとしているせいか、今はどうでもいいような気がした。

風邪をうつす前に、玄関先で帰ってもらうのがベストだろうと考え、『ありがとうございます』とお礼を言い、彼が帰るのを促そうとした。けれど、九条さんはしばらく間を空けたあとで『昨日さ』と話しだす。

珍しく、少しだけ重たい雰囲気を感じた。

『いつもの時間に社食行ったのにおまえがいなくて、待っていても来ないし、どうしたんだろうって思って峯田に聞いた。風邪だって言うから、電話でもしてみようと思ったけど……俺、おまえの電話番号知らないんだって、そこで気づいた』

そういえば私も知らない。だって九条さんとの関係は、社食から部署に戻るまでだけだったし、眼鏡を買いにいったあの日以外で土日に会ったこともない。

『そういえばそうでしたね……』と少し驚きながら返すと、九条さんは玄関の壁に左肩で寄りかかりながら私を見た。

『それで峯田に電話番号教えてもらおうとしたのに、あいつ〝おまえに教えてもろくなことにならないだろ〟って。いくら俺だって見境なしに手出してるわけじゃないのに、失礼だろ』

九条さんは納得いかなそうに眉を寄せたあと、『でも』と続けた。

『七瀬は、〝調子悪い〟って会社には電話するけど、俺にはしてこないわけだろ。それがなんか、なんでだよって引っかかって。真っ先に俺に言ってきてほしいと思った。

そうしたら看病にだって行ってやれるのにって。でも、番号も家も知らないんじゃ俺は、どうすることもできないだろ』

『……はぁ』

なにが言いたいのかいまいちわからずに首を傾げた私を見て、九条さんが言う。真面目な顔だった。

『そういう権利って、付き合えば手に入る？　恋人になれば、なにかあったら一番に連絡くれるか？』

『……え？』

付き合う……？

『付き合うっていうと……ハードルが高すぎるか。まずは七瀬に好かれたいんだけど、その場合、俺はどうすればいい？』

わからなそうに聞かれても、私だってわからない。九条さんがふざけているわけじゃないのは、表情からわかるけれど……それにしたって、まだ熱が残っている頭では理解が追いつかない。

つまり、九条さんは私と付き合いたいって、そういう話……？

『んー、今まで女の子に気に入られようとしたことないしなぁ』とぶつぶつこぼしていた九条さんが、私をじっと見て言う。

『とりあえず、週末はデートでもしてみるか』

『デート……ですか？』

『そう。簡単にキスしちゃダメなんだろ？』

いつだったか、エレベーター内で交わした会話を思い出し、『そう、ですね』と結局話についていけないまま答えることしかできなかった。

これが、九条さんからの告白だったんだと気づいたのは、この週末、九条さんが本当に『映画でも行くか』と誘いにきてからだった。

……正直な話。九条さんにとって、私はただの興味の対象でしかないと思っていた。男慣れしていない私の反応が楽しいから、ただ単に物珍しさから一緒にいたいんだろうなって。

だって、九条さんの軽い恋愛観は私の耳にも届いていたし、実際本人の口からも聞いたことがある。本気になった女性にひどいことを言って平手打ちをもらってしまうくらいだ。

だから、私と付き合うなんて言ってはいるけれど、九条さんが望むのはあくまでもそこに責任を伴わない〝軽い〟付き合いなんだろう。

だって、九条さんは言っていた。

『お互いの恋愛観を納得の上で付き合ってたんだけどさ、急に向こうが本気になっちゃって。――結婚迫られたから、その気はないって言ったら平手打ち』

――だから。九条さんの言葉に……優しい表情に、ドキドキなんかしちゃダメだ。

そんな予防線を張ろうとした時点で、もう手遅れだったんだろう。

九条さんが私に優しいのは、恋愛対象として見ていないから――。

以前そう思ったときに感じたわずかな胸の痛みは、時間が経つにつれひどくなっていった。

どうせすぐ飽きるだろうという私の予想は見事にはずれ、一カ月経っても二カ月経っても九条さんが離れていく様子はなく……困り果ててしまう。

だって、九条さんに優しくされるたび、一緒に出かけて楽しいと思うたびに増える傷は、一秒一秒深くなり、次第にその痛みに耐えきれなくなっていた。

浮かれてしまうほど可愛いピンク色をしているんだと思っていた恋心は、私には甘くも酸っぱくもなく、ただただ痛く苦しいだけのものだった。

そんな想いを抱える私の隣で、九条さんはいつだってなんでもなさそうな顔で笑っていて……私ばかりがつらくて、私だけが好きなんだと、思い知るたびに泣きそうになった。九条さんに悪気がないとわかっているからこそ、余計に。

魅力を振りまいて惚れさせておいて、あっさり突き放すのだから、それは平手打ちだってされる、と納得してしまう。

できたら、九条さんに不快な思いをさせたくなかった。それでも……限界だった。九条さんに告白のようなものをされて二カ月半が経った頃、想いは爆発してしまう。

『もう、来ないでください』

ピシャリと遮った私に、九条さんは不思議そうにしていた。

会社帰りに私の部屋にきたばかりの九条さんは、ネクタイを緩めながら聞き返す。

『なんで？』

そんな九条さんに……少しためらってから口を開いた。

もう嫌だった。九条さんとの思い出が、九条さんの気配が、この部屋にこれ以上染みついてしまったら、切なくてもう耐えられなくなる。

『九条さんは、私の反応が新鮮なのかもしれませんが、私はいちいち真に受けてドキドキしちゃうんです。好きになっても無駄だってわかってるのに、デートに誘われたり優しくされたりすると、嬉しくて喜んじゃうんです。それが、もう、苦しい』

私の好みの飲み物や香り、映画。そういうのを、九条さんがあたり前みたいに知ってくれていることがとても嬉しい。

九条さんにとってはなんでもないことでも、私はそんな彼の言動に一喜一憂してしまうし、上手に受け流せない。振り回されるのは、もう、本当に限界だ――。

そう思い、必死に告げた言葉に九条さんはキョトンとした顔をして……それから言った。

『喜んでくれていいけど』

それの何が悪いんだとでも言いたそうな顔をされ、思わず『え？』と間の抜けた声が落ちた。

『なにもダメじゃないだろ。それ、俺のことが好きだってことだろ？』

素直にうなずいていいものかがわからずに黙った私に、九条さんが続ける。

『俺もおまえのこと、好きだけど』と。

信じられなくて、もう一度『え？』と声がこぼれた。

『言っただろ、三カ月くらい前、風邪のおまえを見舞ったときに』

たしかに、告白みたいなことはされたけれど……。

混乱してなかなか言葉の出てこない私を、九条さんは急かすことなく待っていてくれる。その優しさに胸を熱くしながら、震える唇を開いた。

『本気……だったんですか？』

『ええ？　……まさか、信じてくれてなかったのか？　それ、結構落ち込むんだけど』

本当にショックを受けているような苦笑いに、『だって』とすぐに返す。

『九条さん、相手の女性が本気になったら面倒で別れるって……だから私も、本気で好きなんて言ったらダメなんだってずっと……ずっと、そう思って……』

じわりと浮かんだ涙を隠すことも忘れ見つめていると、九条さんは少し目を見開いてから苦笑いをこぼした。

『あー……まぁ、そう思われても仕方ないか。そうだよな、俺が悪かった』

自嘲するような笑みを浮かべて謝った九条さんは、そっと手を伸ばし私の頬に触れる。ゴツゴツとした指が優しく触れるから、思わずそこに自分の手を重ねた。

『でも、おまえのことはちゃんと好きだから。そもそも、好きじゃなきゃ何カ月もかけて口説かない』

目を合わせたまま告げられる言葉に、じわじわと目の奥が熱を帯びる。

『これは信じろよ』と、念を押すように言い笑った九条さんが、私の目尻に溜まった涙を指先で拭う。

胸がいっぱいで、すぐに声が出てこない。代わりにこくこくとうなずくと、九条さんは、もう片方の手を私の腰に回し抱き寄せる。ぐっと近づいた距離に胸が跳ねた。

『両想いになったんだし、もうキスしてもいい？』

耳元で低く甘い声が響き、体がとろけていくような感覚に陥ってしまう。そして鼻先がぶつかり、吐息が触れ合う。

跳ね上がった胸がトクトクと緊張と期待を弾きだす。

『我慢、してたんですか？』

震える声で聞くと、九条さんは私とおでこ同士をコツンと合わせ、目を閉じた。

『そう。だっておまえが言ったんだろ。好きなヤツとするべきだって』

『あ……』

『俺は結構前からおまえのことが好きだったけど、おまえも俺を好きじゃないと意味がないから』

ゆっくりと目を開けた九条さんが『だからもう我慢しない』なんて色気を多分に含んだ眼差しで告げるから、呑み込まれ、身動きひとつとれなくなってしまう。

そんな私の腰をしっかりと抱き寄せた九条さんが、ゆっくりと唇を合わせる。柔らかくて温かい唇が何度か触れたあと、私の唇を挟むように動く。

恥ずかしさと緊張でこわばっていた唇をそうされるとむずがゆくて、我慢していた吐息が、はぁ……と漏れる。途端、九条さんの舌が唇の隙間から入り込んでくるから、ビクッと肩が跳ねてしまった。九条さんの色気に、クラクラする。

舌同士が触れるとわずかな水音が聞こえ、一気に羞恥心が湧き上がる。

『は……ぁ、ん……っ』

パニックで、どうしたらいいのかわからず、不自然に宙に浮いたままだった手を、九条さんが握りしめる。キスしながらも、手の甲を指先でなでられ、くすぐったいのか気持ちいいのかわからない。そんな、なんともいえない感覚が思考回路を麻痺させていくようだった。

恥ずかしさや緊張よりそれを上回るほどの気持ちよさが、硬くなった体を解いていく。

どれくらいキスしていたんだろう。私からようやく離れた九条さんは、ふっと笑みをこぼしたあと、私を抱きしめた。

嬉しくてギュウッと抱き締め返すと『気持ちよかった？』と九条さんが聞いてくる。なんてことを聞いてくるんだって驚きと、もしかしたら私がそんな顔をしていたんだろうかっていう恥ずかしさが一気に襲いかかってくるようだった。

いっぱいいっぱいになってしまい結局なにも答えられない私を見て、九条さんは楽しそうに笑っていた。


『なにこれ』

『駅前で笹をもらったので、せっかくだし短冊を飾ろうかと……』

九条さんと正式に付き合いだしてから二カ月が経った七月の初め。

九条さんは週に二回は私がひとり暮らしをする部屋に訪ねてくるようになっていた。

週末は九条さんの部屋で、平日は私の部屋でというのがなんとなく暗黙の了解になり、付き合いは思いのほか、順調に進んでいた。

恋愛に関しては軽いと、噂でも本人からも聞いていたけれど、付き合いだしてからの九条さんを見る限り、そんな様子は微塵も感じられない。

だから、いつだったか不思議になりじっと見つめていると理由を聞かれたから『本当に恋愛面でそんなにひどい人だったのかなと思いまして』と正直に答えると。

九条さんは、『〝そんなにひどい人〟だったんだろうなぁ』と自嘲するような笑みを浮かべていた。どうやら本当だったらしく、ちょっと複雑だった。

『短冊とか、懐かしいな。……なにおまえ、これ作ったの？』

『はい。楽しそうだなって思ったので』

九条さんが手に取ったのは、色画用紙を切り、パンチで一カ所穴をあけ、そこにキラキラしたモールを通した私お手製の短冊だ。

ひとり暮らしをするまでは祖母と同居していたせいか、私は小さい頃からこういう行事が好きだった。だから、ひとり暮らしを始めてからも、思い出せば〝冬至だし夜はカボチャを煮ようかな〟とか〝ゆず湯にしてみようかな〟とか細やかながらも季節の節目を感じたりしていたけれど、九条さんは……見る限り、正直、まったく興味がなさそうだ。

だから、もちろん強制するつもりもなく、短冊だってひとりで満足していただけなのだけど、九条さんは意外にも呆れた様子を見せなかった。

『短冊って、なに書くんだっけ。願い事？　世界平和とかそういうスケールのでかい無難なやつ？』

短冊を見ながら言う九条さんに、少し笑いながら答える。

『それでもいいと思いますけど……もし書くなら、九条さんの個人的な願い事でいいと思いますよ』

『じゃあ、あれにしよ。〝社食に回鍋肉《ホイコーロー》が復活しますように〟』

そんなことを願われても星だって困るだろうに……とは思うものの、九条さんが楽しそうだからまぁいいかと水は差さずにおく。

〝世界〟が平和かはわからないけれど。今、ここに平和な時間が流れていることだけは確かだった。

五十センチほどの小さな笹に短冊を飾り、それをベランダの柵にくくりつける。ゆるい風に煽られた笹が揺れると、モールがキラキラと輝いた。

『七夕って、中国の行事と日本の伝説が合わさってできたって話で、奈良時代から行われているらしいです』

『え、そんな昔から会えるように願われてんの？　幸せなヤツらだな』

実際には、奈良時代の人が彦星と織姫の逢引の成功を願っていたかはわからない。それでも、呆れたような顔をして笑う九条さんが天の川を眺めるから、わざわざ修正することはせずに並んで空を眺めた。

私と九条さんは全然違うのに、九条さんの隣で眺める星空は今まで見たこともないくらいに綺麗で穏やかだった。

七夕から二カ月が経った九月の半ば、九条さんは私の部屋に入るなり、玄関に飾ってあった花に気づいた。

九条さんはあまり細かいことは気にしないように見えて、実は結構きちんと見ているし洞察力も鋭い。これは、付き合い始めてから知ったことだ。玄関マットを変えたときも、私がシャンプーを変えたときもすぐに気づいたのがその証拠だ。

『これ、なんの花だ？』

『ガーベラですね。亡くなった祖母が好きだった花なので、この時期は買ってきて飾っておくようにしてるんです。お墓参りまでは行けないので、気持ちだけですけど』

『この時期？　……なんかあったっけ？』

考えながら自分の顎をなぞる九条さんに『お彼岸ですよ』と答える。

『へぇ……おまえ、若いのによくそういうこと知ってるよな』

感心したように言った九条さんは、なにか思いついたように私を見て笑う。

『もしかして十五夜には団子作ったりするのか？』

『……時間があれば。小さい頃からそうするものだって、祖母に言われてきたので』

なんの気なしに話してしまったけれど、もしかしたらこういう部分は年寄りくさいと思われたりするかもしれない。

……と心配になっていると、九条さんが言う。

『今年の十五夜って、いつ？』

パッと顔を上げると、九条さんはガーベラの花びらを、太く節だった指でそっとなでていた。

『あ、えっと……十月四日ですね』

『団子作るんだろ？　俺も一緒に作る』

――結局、十五夜には約束通り、キッチンに並んでふたりで一緒にお団子を作ったけれど。九条さんのお団子は歪《いびつ》で大きくて、まるで大福みたいだと笑いながら食べた。

ベランダから見上げた空には、九条さんが作ったお団子みたいに大きな月が浮かんでいた。

＊　＊　＊

九条さんから逃げながらも、今まで忘れていたような些細な出来事が、なぜか次々に思い出される。

そのどれもが温かく優しくて、胸は苦しさを増すばかりだ。

「一華、いい加減止まれって。明後日、筋肉痛でバージンロード歩けなくなったら嫌だろ」

追ってくる九条さんの声は、いつの間にか楽しそうなものに変わっていた。追いつこうと思えば追いつけるだろうに、ずっとふたりの距離が縮まらないのは、九条さんが遊んでいるからだ。

一方の私はもう、息が切れているっていうのに。普段から運動しておくことがどれだけ大事かを思い知る。

こんなことなら、九条さんが週二で通っているジムに私もついていって、鍛えておけばよかった。

「追って、こないでください……っ」

「そういうわけにもいかないだろ。なにか誤解させたまま放っておいたらおまえ、どんどんマイナスに考えそうだし」

この距離だとエレベーターに乗ってもドアが閉まる前に追いつかれてしまう。階段を選んだほうが賢明だ。走りながらしゃべるとつらいので、返事はせずに廊下を曲がり、階段を下りる。まさか社内をこんなふうに走ることになるなんて思いもしなかった、なんてことを考えながら、手すりを掴んで一段一段下りていく。

そういえばここも、九条さんとの思い出が残る場所だと思い出し……ただでさえ苦しいと叫んでいる心臓が、また少し締めつけられた。

＊　＊　＊

九条さんと付き合いだして五カ月が経った十月半ば。九条さんと私との関係は、九条さんが隠す気がないせいか社内に広まっていた。

今までは目立たなかった私が、そんな噂を機に社内で視線を集めるようになってしまい、そのため、なるべくエレベーターを使わないようにしていた時期があった。

それは、あんな狭い空間でじろじろ見られるのは落ち着かないという理由からだ。

一度、乗り合わせた男性社員に『あの九条を夢中にさせるってどんな技使ったの？』とニヤニヤしながら言われ、気持ち悪さを感じたのが決定打だった。

また同じ目に遭うくらいなら、食堂のある五階から私の部署のある七階まで階段を使ったほうがよっぽど気が楽だ。

そんな理由から階段を使うようになったのだけど、階段生活を始めて二週間が経った頃、知らない女性社員に呼び止められた。

五階と六階の間の踊り場で手すりに身体を預け腕組みをしていた女性社員は、誰かを待っているようだった。その相手が私だと気づいたのは、私を見るなり彼女の目が厳しく光ったからだ。

窓もない薄暗い踊り場に立つ女性は、数段下に立つ私を見て眉を寄せた。

茶色いふわふわした髪は肩の上で揺れている。とても綺麗な人だという印象を持った。

『七瀬さんよね？　噂になってるのって事実なの？　九条くんが七瀬さんと真面目に付き合ってるって』

〝まさかそんなわけないわよね？〟という声が聞こえてくるような顔つきだった。綺麗な顔立ちをした人なだけに、怒った表情をされると迫力があって怖い。

私を待ち伏せしてまで聞いてくるということは、この人は九条さんが好きなんだろう。

こんな綺麗な人に好かれるなんて、やっぱり九条さんはモテるんだなぁと考えながら『はい。お付き合いしています』と答える。

私たち以外に人の気配がしない階段は静かで、女性がギリッと歯ぎしりをしたのが聞こえるようだった。

一瞬、顔つきを険しくした女性は、気を取り直したみたいに冷たい笑顔を貼りつける。

『七瀬さん、九条くんとは合わないでしょう？　はたから見ても釣り合ってないし。ほら、九条くん、あの見た目だもの。片想いしてる子がたくさんいるのよ。知らない？』

階段の段差以上に上からものを言う女性からは、逆らえないような雰囲気を感じた。九条さんの外見のよさだとか、九条さんを好きな子がいるだとか、そんな話を聞かされたところで、なんて返せばいいのかも、女性が私になにを言いたいのかもわからない。

彼女の威圧感に押さえつけられて、声の出が悪くなっているようだった。

『……いえ。それで、お話はなんでしょうか』

単刀直入に聞くと、私の態度を反抗的だと取ったのか、女性は気に入らなそうに再び眉を寄せた。

『七瀬さんは九条くんに遊ばれてるだけなのよってこと。九条くん、顔はよくても女癖がひどいもの。どうせそのうち七瀬さんだって傷つけられるに決まってる。その前に別れたほうがいいんじゃない？　七瀬さんだって、まさか、自分だけは特別だなんて思ってるわけじゃないでしょう？』

反論なんて許さないといった強い口調で言いきられたことが、内容が内容なだけに一瞬呆然としてしまう。ただの親切心からの忠告ではないことは、一目瞭然だった。だったら、相手を刺激しないほうがいいけれど……言わせたままにはしておけず、そっと口を開いた。

『九条さんは、たしかにいい加減な部分はありますけど、そこまでひどい人じゃないですよ。間違っても、私を騙して傷つけるようなことはしない人です。それどころか自分に不利に運ぶような話でも結構バカ正直に話しちゃう人ですし。だから……その、大丈夫です』

付き合ってきた中で知った九条さんは、私を騙すような人じゃない。自分だけが特別に想われているという自惚《うぬぼ》れからではなく、ただ、九条さんはそんなことをする人じゃないという、九条さんへの信頼から、そう思った。

真っ直ぐに見上げて言った私に、女性は口元を歪ませる。

『……は？』

〝なに言ってんの？〟と言わんばかりの低いトーンで言われビクッと肩を跳ねさせていると、女性が眉を吊り上げる。

『なにそれ……自分だけが九条くんにとって特別だって、そういうことが言いたいわけ？　本気？　もしかして私に勝ったつもりでいる？』

怒涛のごとく質問をぶつけられるせいで、答える隙がない。本当はひとつひとつ訂正したいのに、怒りをあらわにした女性はそれを許してはくれなかった。

でも、二段階段を下りた女性に詰め寄られ、慌てて口を開く。

『い、いえ、そんなつもりはないです』

階段の同じ段に立った女性に、じりじりと壁際まで追い詰められた。コンクリートのひんやりとした冷たさが背中に伝わってくる。

『七瀬さん、私のこと馬鹿にしてるんでしょ……。誰にもなびかなかった九条くんが自分を気にかけているんだもの。気持ちいいでしょうねっ』

どうにかして女性が不快にならないような伝え方がないものかと頭を巡らせていると、ハッキリしない私に苛立《いらだ》った様子の女性がひと際目つきを厳しくする。そして、唐突に私の胸のあたりを突き飛ばすものだから、気持ち的にも身体的にもなんの構えもできないままうしろの壁に後頭部と肩をぶつけてしまった。

『……っ』

もともと壁際に追い詰められていたのが幸いして、衝撃は少なかった。それでも、ぶつけた後頭部を咄嗟にさすろうとしたとき、伸びてきた手に胸ぐらを掴まれる。

見れば、私を壁に追い込んだ女性が、涙を浮かべて私を睨んでいた。

『なんで、あなたなんかが……っ。私だって、ずっと九条くんのこと――』

女性の目にキラキラと光る涙に、声を失っていたとき。

『――七瀬に、なにしてんの？』

横から伸びてきた手が、私の胸ぐらを掴む手を強引に振り払う。私にも結構な衝撃があったため、よろけそうになってしまう。

今まで掴まれていた部分を手のひらでなでながら視線を上げると、女性は九条さんに振り払われた手をもう片方の手で胸に抱いていた。

今にも泣きだしそうな女性の顔を見て胸が押しつぶされるみたいに痛んだ。

この女性だって、九条さんが好きなんだ。それなのに、こんなふうに低い声で責められて、今も威圧感たっぷりに睨まれていて……。

女性の気持ちを考えたら、黙っていられなかった。

『九条さん。私は大丈夫ですから、その怖い顔をやめてください』

隣に立つ九条さんは、一瞬目を見開いたあと、眉を寄せる。

『は？　大丈夫っておまえ、なにされたかわかって――』

『本当に大丈夫ですから……私に戦わせてください』

『戦うって……』と呆気にとられたように呟く九条さんにはなにも返さず、女性を見て続けた。

『あの、ごめんなさい。釣り合わないのは承知の上で、それでも私は九条さんを諦めたくないんです。どんなに責められても譲れない。だから……受けて立ちます』

女性の目を見て告げる。きちんと正面から向き合いたいと思ったのは……女性のためなのか、それとも自分のためなのか。

ここで女性が認めてくれたら、私自身も〝九条さんの彼女〟として少しは自信が持てるっていう考えがどこかにあったのかもしれない。

結局、女性は『もういいわよっ』と背中を向けてしまったから、勝負にもならず、自分自身で納得することもできなかったけれど。

そばにあった五階フロアの扉の向こうに女性が消えた後、九条さんが『おまえ、格好いいな』と笑った。


大丈夫だと言った私を、九条さんは強引に医務室に連れていった。

医務室に入るのは初めてだったけれど、九条さんは何度か来たことがあるようだった。

理由を聞けば『頭痛とか……まぁ、あとはいろいろ』と誤魔化すように笑っていたから、掘り下げて聞いたりはしなかったけれど。仕事面ではしっかりと実績を残していることは知っているだけに、責める気にはならなかった。

無人の医務室のベッドに私を座らせた九条さんは、隣にドカッと腰を下ろす。両膝に肘をつき、手を組んだ九条さんが深いため息をつく。

『俺、今まで、女性との適当な付き合い方を後悔したことはなかった。たまに引っぱたかれることはあっても基本は楽しかったし。……でも今、初めて後悔してる』

そこまで言った九条さんが、私を見て『ごめんな。痛いか？』と心配そうに聞くから首を横に振った。

『触られると、ちょっと。でも平気です』

後頭部の痛みはないし、肩もただの打撲だ。きっと痣《あざ》にもならない。

医務室は少し奥まった場所にあるからか、社員の足音も遠くにしか聞こえなかった。二十畳弱の部屋には三台のベッドと薬品棚が置かれているだけで、いたってシンプルだ。常駐する医師もいない。

学校の保健室とは違い、無機質な雰囲気が流れていた。

『どうせ、ひどいこと言われたんだろ？　俺のことも色々聞かされた？』

唐突に聞かれ、悩んだあとでうなずく。

『……まぁ、それなりに』

詳しく話す必要はない気がして適当に答えていると、九条さんは手を伸ばし私の前髪に触れる。そして、それを耳にかけるようになでられ、その優しい手つきが気持ちよくて目をつむった。

『それでも、信じてくれてるんだな』

無事を確認するように頭をゆっくりとなでる九条さんに、夢心地のまま答える。

『はい』

大きな手になで回されるのが心地いい。

猫ってこんな気持ちかな、と思う。

『だって九条さん、私にはいつも優しいですし。……それに、好きなので。信じたいって思うのは、当然かと』

恥ずかしくなりながらも目を見て告げると、九条さんは驚いた顔をしたあとで、ふっと笑みを浮かべた。困ったような、まいったような、そんな笑みだった。

『おまえはいつもそうだな。怖がってても照れてても、自分の気持ちを伝えるときに目を逸らさない。俺、おまえの目がすごく好き』

そう言った九条さんが私の目尻に親指で触れ、私は思わず目をつむる。しばらくして、九条さんが『ふと思い出すんだよ』と柔らかい声で話し出す。

『おまえの言ってたこととか、真っ直ぐ見てくる目とか、思い出すんだ。会議中や打ち合わせ中、仕事の話をしているときでも、ああ、そういえばおまえがこう言ってたな、とか。別に意識して覚えておこうとしてるわけじゃないのに、気づけば勝手に記憶されてて……俺の中、おまえのことばっかりで』

大きくて厚くてあたたかい手が私の頬をすっぽりと包む。九条さんは目を細め私を見つめていた。

『おまえは真面目だから、なんで俺がおまえを選んだかだとかそういうことを考えてるかもしれないけど』

ずっと疑問に思っていたことを言いあてられビクッと肩を揺らすと、九条さんが『やっぱりか』とクックと楽しそうに笑うから慌てて口を開いた。

『なんで私なんだろうって思ってたのは本当です。でも……いいんです。わからなくても。わかってもわからなくても、どっちにしろ、その……九条さんを手放すつもりもないので』

私の発言に目を丸くした九条さんは、一拍空けたあとでさっきよりも大きな声で笑いだした。

大胆発言だっただろうか……。

でも、何度も何度も〝九条さんはどうして私なんかを〟って考えて、そのたびに答えなど出るはずもなく……。結局行き着くところはいつも一緒だった。

——九条さんから離れたくない。

だから、紛れもない本音だったのだけれど……呆れられてしまったかもしれない。

でも、九条さんはひとしきり笑ったあと、私の頭をポンとなでた。

『誰がどう言おうと、俺は、おまえといるとしっくりくるんだよ。ほかの誰でもなく、おまえじゃなきゃダメなんだと思う』

優しい瞳で私を見た九条さんが続ける。

『だからずっと隣にいたいと思うし、おまえが俺だけに許してくれることとか、見せてくれる顔とか、そういうのがもっと欲しいとも思う』

真っ直ぐに想いを伝えてくれる姿に、目の奥がじわりと熱を持つ。今さら九条さんの気持ちを疑っているわけじゃない。それでも……こうして、目を合わせて私の小さな不安まで取り除こうとしてくれる優しさが、どうしようもなく嬉しかった。

『こんなこと初めてだけど、案外、悪くないな』と口の端を上げた九条さんが、私の肩を抱き寄せる。そのまま覗き込むようにキスされて、思わず目を閉じると、すぐに九条さんから文句が出た。

『目、閉じるなって』

『無理です……っ』

目を開けたままキスするなんて上級テクニック、私には無理だ。そもそもここは医務室で、会社の一部で、キスしていい場所じゃない。

だから胸を押して距離を取ろうとするのに、九条さんは私の抵抗なんて気にする様子もなくぐっと抱き寄せる。

『なんで。おまえの目、気に入ってるって言ってんのに』

『……んっ』

唇を塞がれ声が漏れる。そのままふにふにと何度も触れて唇の感触を確かめていた九条さんは、口の端を上げ意地の悪い笑みを浮かべると、舌を伸ばして――。

＊　＊　＊

階段で三階まで下り、フロアに入ると、長い通路を走る。

角を曲がってすぐの会議室に逃げ込み、暗い室内を動き長テーブルの下に身を隠す。

はぁ、はぁ、とすっかり上がってしまっている息を整えながら胸に手をあてると、手のひらに心臓の鼓動が伝わった。

結婚……したくなかったのかな。

九条さんのことを考えると、自然と顔が歪み目の奥が熱を持つ。

いったいいつから……という疑問の答えは、私の中にしっかりとあることに気づいて、そっと目を伏せた。

たぶん、私は知っていた。九条さんの本当の気持ちを。

もしかしたらっていう思いはずっと、本当にずっと私の中にあって、でも、見ないふりをしてきただけだ。

九条さんと……一緒にいたかったから。

あんなに息巻いて、〝離しません〟みたいなことを宣言したくせに、肝心な部分から逃げ、今になっても逃げ回っている自分に、自己嫌悪から唇を噛みしめていたとき。

「今度はかくれんぼか？」

誰もいなかったはずの会議室に突如声が落ち、びくっと肩が跳ねた。

咄嗟に見上げれば、長テーブルの下を覗き込む九条さんがいて、慌てて反対側から抜け出す。

「あ、こら」

手を伸ばした九条さんに捕まりそうになったけれど、間一髪のところで躱《かわ》し会議室から飛び出した。

「一華、いい加減、気がすんだろ。止まれって」

会議室から出てきた九条さんと私の距離は数メートルほどだ。九条さんの足音がすぐそこまで迫っていた。

通りかかった通路の窓の外、霧雨のような雪がちらついているのが見える。電車が止まったりしたら大変だ。早く社内から脱出したいのに、なんでこんなことになっているんだろう。

「なんで、追いかけてくるんですか……っ」

「おまえが逃げるからだろ。まず、なにか誤解してるなら解きたいし、おまえに不安があるならそれも聞きたい。それに、雪が本格的に降りだす前にさっさと一緒に帰りたい。結婚式直前に風邪なんか引いたら大変だろ」

「私のことなんて気にしないでください……！　九条さんが結婚を嫌がってることならさっき聞きましたし、もうわかってますから……っ」

叫ぶように言い、階段室に逃げ込み下に向かう。

今さら結婚式もなにもない。

『まぁなぁ……。結婚したいとか考えたことなかったからな』

だって、九条さんはそもそも結婚なんてしたくなかったのだから。

しくしく痛む胸から押し出された悲しみを、ちょうど通りかかった場所にある思い出が倍増させる。

資料室前の通路は、九条さんが営業部の上司に頭を下げているところを見かけた場所だった。

九条さんは後輩のミスを謝っていて、その姿を見てとても感動したのは半年前のことだ。普段ふたりで会うときに、九条さんは仕事の話はほとんどしない。私が聞けば教えてくれるけれど、自分から愚痴を言ったことはない。

だから部署の違う私は、九条さんの仕事に関しては噂で聞くだけで、彼が普段、どれだけ重要な仕事をどんな大変な思いでこなしているかをなにも知らないでいた。

けれど、後輩を庇う横顔は紛れもなくしっかりとした先輩で、いつもの姿からは想像できない違う一面に驚くとともに強く惹かれた。

後輩のミスのぶんは自分が取り戻すとハッキリと言える九条さんがとても格好よく

見えて、我慢できずに隣の席の峯田先輩に報告すると、意外にも先輩は驚かなかった。

『九条は普段があぁだから誤解されやすいが、仕事はできる。後輩だとか先輩との関係もうまくこなすし、営業先でも相手の懐に入り込むのがうまい。……まぁ、そういった長所を恋愛面のルーズさがすべて台無しにしてるが』

峯田先輩は仕事に厳しい。仕事に、というよりもすべてにおいて完璧主義というかビシッとしているから、九条さんとは合わないだろうと思っていた。きっと峯田先輩は九条さんを呆れて見放しているんだろうなって。

でも、峯田先輩は何度も何度も九条さんにお説教をしているらしいし、それは今も続いている。

厳しい峯田先輩が九条さんを見放さないのは、九条さんのいい部分をきちんとわかっているからなのかもしれない。この峯田先輩をそうさせるのだから、九条さんはすごいし、何にしても九条さんが褒められているのは嬉しかった。

そんなふうに考えてひとりニマニマしていたとき、峯田先輩に言われた。

『それより七瀬、もう仕事は終わってるんだろう？　さっき九条が喫煙室に向かったみたいだが、そろそろ時間じゃないのか？　行ってやったほうがいい』

水曜日と金曜日。九条さんとの待ち合わせは、どちらかが残業で遅くなるということがない限りは喫煙室でというのが決まりだった。

定時を過ぎてから一時間の間に。過ぎるようなら連絡を入れるのが暗黙の了解だ。

時計を見ると、十八時二十分。定時を五十分すぎたところだった。

『あ、はい。じゃあお言葉に甘えてお先に失礼します』

まだ三分の一ほどの社員が残る総務部。ひとりひとりに挨拶してからフロアを出て、喫煙室に向かった。

数分で着いた喫煙室。ガラスでできている壁を外からコンコンと叩くと、それまで喫煙室のなかで小野田さんと談笑していた九条さんが振り向き、笑顔を向け、そこから一緒に私の部屋に――。


……そうだ。気づけばいつもそうだった。喫煙室に迎えに行くと、いつだって九条さんの隣には決まった女性が……小野田さんがいた。

私が立ち入ることのないガラスの向こう側で、同じ銘柄の煙草を吸って、同じように白い煙を吐いて談笑しているふたりが、あまりにお似合いで……本当は私よりも小野田さんのことが好きなんじゃないかって、よっぽど気が合うんじゃないかってずっと思っていた。

ただ……九条さんとの関係が終わるのが怖くて、見て見ぬふりをしてきただけで、そんな疑惑は私の中にずっとあったんだ。

「──つかまえた」

手を掴まれ立ち止まらされる。振り向かないまま、掴まれた手をぶんぶん振ってはみたけれど、九条さんの手が離れることはなかった。

二階の書庫前の通路に人影はなく静かで、私の荒い呼吸の音だけが聞こえていた。

「ほら。いい加減、こっち向け」

肩を優しく掴まれ、振り向かされる。抵抗を諦め、おとなしくされるがまま向き合うと、私の顔を確認した九条さんが目を見開く。

私がボロボロと涙を流していたからだろう。

少しの間のあとで、九条さんが覗き込むようにして私と視線の高さを合わせた。

「……どうした？　ああ、マリッジブルー？」

落ち着いた優しい声色に、涙が誘われる。首を横に振ると、涙が弾け飛んだ。

遠くで、エレベーターがどこかの階に着いたことを知らせる電子音がするのを聞きながら、意を決して口を開いた。

「私……ずっと思ってました。九条さんは、本当は私よりも小野田さんが好きなんじゃないかって」

この疑惑は、今、ポッと生まれたものじゃない。深追いしたらダメだと必死に見ないふりをしてきたのに、消えずにずっと心の奥に残っていたものだ。

私には入れないガラスの向こう側で笑い合う、九条さんと小野田さんの姿を見るたびに疼《うず》いていたものだ。

「小野田……？　って、俺の同期の？」

不思議そうに聞く九条さんにうなずく。

次から次に浮かぶ涙が、目の前の世界をぐにゃりと曲げていた。

「はい。喫煙室に行くと、九条さんの隣にはいつも小野田さんがいて……すごくお似合いでした。九条さんはただの同期って言うけど、私にはそうは見えなくて……だからつらかった」

「いや、あいつとは本当に……」

「目の前で、小野田さんの手が九条さんに触れるのを見るのが、いつも耐えられなかった……っ」

心臓が騒がしいのは、急に大きな声を出したからでも泣いているせいでもなかった。

自分の気持ちをしまい込んで何重にも鍵をかけていた箱のフタが開いて、中身が溢れ出してしまったからだ。

〝九条さんは同期だって言うんだから〟〝しつこく聞いたって嫌われてしまう〟そんな思いからのみ込んできた、たくさんの不安と不満が溢れてしまう。

九条さんはいつも、私に喫煙室には入らずにガラスを叩くように言っていた。それは私を思ってのことだったのだろうけれど、ガラスで囲まれた喫煙室というスペースに立ち入れないことは、いつの間にか、九条さんと小野田さんの関係に重なっていた。

ふたりの間に、立ち入れないんだとしっかりと記憶されてしまっていた。

ひっく、と、泣き声が漏れる。

ガラスの向こうで、私の存在には気づかないで談笑するふたりを見ているのがツラくなったのはいつからだったんだろう。〝なに話してたんですか？〟と無邪気に聞けなくなってしまったのはいつからだったんだろう。

煙草の火を分け合うふたりが、なんでもないスキンシップが、見ていられないくらいに嫌になってしまったのは——。

はぁ……と震える息を吐いた私を、九条さんは驚いた顔で見ていた。

「九条さんが喫煙室には入るなって言うから我慢してたけど……本当はずっと私が入れない場所にふたりきりでいるところを見るのが嫌だった」

いつだったか、九条さんを好きな女性に階段で待ち伏せされたことがあった。私は女性のケンカを受けて立とうとして、結果的にあとで九条さんに『危ないからああいうのはダメだ』と重々言い聞かされてしまったけれど。

あのとき私は、相手の女性に自分を重ねていたんだ。だから、同じ立場に立って向き合おうと思った。

ガラス越しじゃなく、同じ空間で、同じ目線で話したいと思ったから。

……私も、九条さんや小野田さんに、そうしてほしいと思っていたから。

そういう今までの積み重ねが、もう見て見ぬふりはできないくらいに大きくなってしまっていた。

初めての恋だから、対処法がわからない。

〝好き〟と〝不安〟が胸の中でぐるぐると混ざり、想いが暴発する。

「九条さんが一番に好きなのは、小野田さんなんですか？　でも……いえ、いいです。たとえ九条さんが小野田さんを好きでも、私は……」

〝だとしても、私はもう九条さんが好きだから、九条さんにもきちんと好きになってもらえるように頑張りたい〟

そう続けようとしたとき「待った」と止められた。

見れば、それまで黙っていた九条さんが真剣な顔で私を見ていて息をのむ。

「それ、本気で言ってる？」

背中がひやりとするような怖さがあった。目を逸らすことを許さないような強い眼差しに捕まり、身体を動かすことさえ封じられたようだった。

息苦しさから、は……と吐いた息が震える。

私の言葉を待っている九条さんは変わらず、真面目な顔をしたままで……怒っているんだというのが雰囲気から伝わってきて、気づけば一度収まったはずの涙が溢れていた。

「だ、だって……」

声を発した途端、ポロポロと堰《せき》を切ったように涙がこぼれた。

「だって……だって、九条さん、さっき結婚は考えたことなかったって言って……っ」

今まで、こんなふうに怒らせてしまったことはないだけに、びっくりしてしまっていた。泣きながら訴えようとする私に、九条さんはハッとしたような顔をしたあと、自分の髪をかき上げ「あー、悪かった」と謝る。

「さっき小野田と話してたこと、聞こえてたのか」

それまでの、大人の男性でも泣きだすんじゃないかってほどの怖い雰囲気は、そこにはもうなかった。

九条さんを怒らせてしまった。そのことにパニックになっている私を落ち着かせるように、九条さんは表情を緩め、やわらかい声で「あのな、よく聞けよ」と前置きする。

「とりあえず、小野田のことは本当になにもない。ただの気の合う同期ってだけで、話してるのはいつもくだらないことだし、小野田は俺がなにのろけても適当に聞き流してくれるから丁度よくて……でも、本当にそれだけだ。一華が疑うようなことはなにもない」

私の目を見てハッキリと告げた九条さんは、浮かべていた微笑みを少し申し訳なさそうに崩す。

「おまえ、なんにも言わないし、まさかやきもち焼いてるなんて思わなかったんだよ。嫌な思いさせてたなら悪かった」

真摯な態度で謝った九条さんは、私の目尻に残る涙を親指で拭いながら話す。

子どもに話すような、優しく穏やかな声だった。

「もっとなんでも言えよ。嫌な思いさせても、おまえが言わなかったらなにも気づけないだろ。言ってくれたら、俺がちゃんと誤解を解くから」

最後、「頼むから言って」と情けないような顔で笑った九条さんにつられて少しだけ笑うと、安心した顔つきになった九条さんがおでこ同士をくっつける。

泣いていたからか、私のほうが熱かった。

触れた場所から九条さんの優しい想いが伝わってくるせいで、涙が浮かぶ。

「でも、面倒かと……」

「いいよ。どんどん面倒かけてくれていい。あんまり聞き分けよすぎるのも寂しいもんなんだって、俺、おまえと付き合い始めて初めて知った。だから、俺にだけは面倒くさいことどんどん言えよ」

私を軽く抱き寄せ、背中をポンポンとなでた九条さんが「少しは落ち着いたか?」と聞くから、迷ったあとでうなずく。

散々泣き喚いたせいで、気持ちはだいぶ落ち着いていたし、スッキリもしていた。

おかげで、今までの鬼ごっこへのとてつもない反省と後悔が襲ってくるから、慌てて九条さんの胸を押して距離をとった。

「あ、あの、私、すみませんでした! 九条さんが結婚に興味ないって話していたのを聞いたらパニックになっちゃって、今まで我慢してた不安とかが溢れてしまって、それで……今、自分でもびっくりしてます……」

「ああ、いいよ。俺も悪かったし。おまえ、あれだけひどい噂があった俺をすぐに信じたから、その反動だろ。たぶん。それに、そういうのをマリッジブルーっていうんだろ。なんでもないことが気になって不安になってどうしょうもなくなるって、なにかに書いてあった」

うまく説明できない私を、九条さんはいたって落ち着いた声で宥《なだ》める。

九条さんは私のことを〝落ち着いている〟だとか〝大人〟だと褒めるけれど。いつだってペースを乱さない九条さんのほうが、たとえピーマンが苦手だとしても、十五夜のお団子が上手に作れなくても、よっぽど大人だ。

今の件では私のことを怒ったってかまわないと思うのに、九条さんはただ私を落ち着かせて、〝いいよ〟となんでもないことみたいに許す。

この人のこういうところがたまらなく好きだと思い知り、胸の奥がキュッと締め付けられていた。

私の眼鏡のレンズについてしまった涙の粒を、ワイシャツの袖部分で拭っていた九条さんは、「……で、なんだっけ」と呟いたあと、思い出したように私を見た。

「ああ、そうだ。おまえなぁ、人の話を盗み聞きするなら最後まで聞けよ」

た。


「盗み聞き……あ、さっきの結婚に興味がないっていう話ですか？」

そういえばそうだった。小野田さんとの関係を説明してくれたことに満足してしまっていたけれど、鬼ごっこするきっかけになったのは〝結婚に興味なし〟発言だった。

ハッとしていると、九条さんは私と目を合わせて説明する。

「たしかに俺は結婚願望なんかなかったし、そもそも俺のいい加減な性格に結婚は合わないんだよ。おまえだってそう思うだろ？」

苦笑いで聞かれ答えに迷っていると、九条さんは無言を肯定と取ったらしく「だろ？」と話を進める。

「そんな俺が、どうしても欲しいと思って〝結婚〟なんて言葉出したのに、それのどこを疑うんだよ」

わずかに眉をひそめられ、「でも、喫煙室で……」と言うと、すぐに遮られる。

「それは、おまえに出逢うまではっていう話だから。だいたい、欲に忠実に生きてきた俺が、望みもしないのに結婚を申し込むなんてありえないだろ」

頭の中が混乱する。

フラフラ自由にしているのを好む九条さんが、責任を負うことを嫌うのは事実だと思う。でも、たしかに自分が我慢してまで結婚を切り出すとも思えない。

だからわからなくなっていると、九条さんは私をじっと見つめ口を開く。

真面目な顔だった。

「おまえに関しては、責任を負いたいって思ってる。おまえが少しでも落ち込んだときには隣で頭なでてやりたいし、嬉しいことがあったんなら、よかったなってやっぱり頭なでてやりたいし。……頭なでてるだけだけど」

実際に、ぐりぐりと私の頭をなでながら、九条さんが続ける。

一生懸命、まとまらない気持ちを言葉にしようとしているような、そんな感じだった。

「とにかく常に隣にいておまえに降りかかる色んなことを共有していきたいんだよ。おまえのことはなんでも一番に知りたい。その権利が欲しくて付き合いだしたけど、それじゃ足りなくて結婚しようって言った」

『結婚するか』

四カ月前の週末、いつも通り九条さんの部屋に泊まりに行った翌朝、起き抜けに告げられたプロポーズが重なる。

九条さんがどうして突然そんなことを言いだしたのかはわからなかったけれど、九条さん自身もプロポーズを予定していたわけではなかったらしく。

『あー……悪い。指輪まだだから、今日一緒に見に行くか』

決まりが悪そうな、少し情けない笑顔で告げられた言葉に、九条さんらしいなと笑ってしまったのが懐かしい。

あの時は、どうして結婚なんて言いだしたんだろうって不思議だったけれど……そうか。色んなものを私と共有したいと思ってくれての言葉だったのか。

我慢が苦手で、自分の欲に忠実だという九条さんが、自らそう望んで結婚の言葉を出してくれたのなら……それって、すごく――。

「いい加減わかれよ。ベタ惚れなんだよ。可愛くて仕方ない」

はぁ……と軽くため息をついた九条さんが、バツが悪そうに微笑む。

私の大好きな顔に、じわりと目の奥が熱を持った。

こくん、としっかりとうなずいた私に、九条さんはふっと表情を緩める。

何度目かになる、エレベーターのポーンという明るい電子音が遠くで聞こえていた。

「おまえといるとなんでも楽しい。七夕なんかガキのすることだって思うのに、短冊飾って一緒に星眺めてたら悪くないなって思うし、墓参りとか、先祖なんかどうでもいいけど、おまえが行くなら俺も行こうかなっていう気になる。おまえといると……っていうか、おまえがいればそれでいいって思える域にまで達してる」

九条さんの、思い出をなぞるような言葉に嬉しくなる。

一緒に過ごした時間が、私が思っている以上に、九条さんの中でもきちんと息吹いているんだとわかったから。

私は〝九〟っていう漢数字を見るたびに、いちいち九条さんを思い出してしまう。九月九日なんて、わけもなくそわそわしてしまったりもするけれど。九条さんの中にも、私に結びつけてしまうなにかがあるのなら、そんなに嬉しいことはない。

「私は、〝惰性〟とか〝寝正月〟とか聞くと、九条さんを思い出します」

「俺は、〝クソ真面目〟とか〝眼鏡〟って聞くと一華思い出す」

すぐに返ってきた言葉に思わず笑う。

「〝眼鏡〟で私を思い出してたら、頻度が高くて大変そうですね」

「まぁ。俺、それまで眼鏡とかどうでもよかったけど、おまえがかけてるから今は好き」

いまいち理解できずに「えっと、眼鏡が……ですか?」と聞き返すと、九条さんは「眼鏡が。つーか、俺は、おまえに関連するもんは全部好きなんだよ」と自嘲するような笑みをこぼした。

今の今まで笑っていたのに、思いがけない告白を受け、顔が熱くなる。

胸をトスッと矢で射ぬかれた気分だった。トクトクトクトク、舞い上がった心臓が躍る。

「クソ真面目な性格も、先輩をきちんと立てるところも、俺に『行儀が悪い』とか遠慮がちに注意してくるところも、柔軟そうに見えて頑固なところも、すぐビビるくせに絶対目を逸らさないところも、全部……」

そこで一度区切った九条さんが、私をじっと見つめ告げる。

「好きなんだよ」

こういうとき、なんて答えるのが正解なのかがわからない。

信じられないくらい速い鼓動のせいで、呼吸まで震えるし、今、声なんて出したらきっと情けない音にしかならない。

それでも、どうにかして返したくて「わ、私も、です……っ」と頑張って言うと、九条さんは、そんな下手な告白だっていうのに嬉しそうに「ん」と笑ってくれた。

そして、そこからは——。

「社内は基本、走るのが禁止だということは知っているよな。他の社員も、きっと各々事情はあるだろうけれど、その規則に従っている。……七瀬、どうして社内を走ることが禁止されているかわかるか？」

「は、はい。危険回避と……それと、騒がしく走り回ったら、仕事をしている社員の集中の妨げにもなるからかと」

「そうだな。ちなみに、九条もそれは理解しているな？」

「してるよ。普通に危ないし」

九条さんの答えに、峯田先輩は「そうだな」と落ち着いた声でうなずいたあと。

「じゃあ、どうして社内で鬼ごっこして遊ぶなんてことになったんだ」

そう、目つきを険しくした。

九条さんと私が告白を終えたあと。タイミングを見計らったように、峯田先輩が『もういいか？』と話しかけてきた。

そして『明後日結婚式を挙げる予定の新郎新婦があろうことか社内を走り回っている……という話を聞いてな。まさかと思い、社内を確認して回っていたんだが』と、それはそれは冷たい声で言ったのだった。

それから速やかに休憩所前に場所を移した峯田先輩は、並んで〝気をつけ〟をする九条さんと私を見て、静かにお説教を始めたのだった。

〝鬼ごっこをすることになった理由〟を聞かれ、まず口を開いたのは九条さんだった。

「まぁ、峯田にはわからない事情があってさ。ほら、色々あるだろ。男と女だし」

「俺はその〝色々〟がどういうことかを聞いているんだ」

ピリピリとしている峯田先輩に、今度は私が口を開く。

「すみません。峯田先輩。私のせいなんです。私がマリッジブルーで情緒不安定になってしまって、その、不審な行動をとってしまい……九条さんは私を心配して追いかけてきてくれてただけなんです」

そう説明すると、九条さんがすぐに「いや、原因をつくったのは俺だから」と私をかばう。

そこから「私が悪い」「俺が悪い」の押し問答になった私たちを、しばらく黙って見ていた峯田先輩は一度パンッと手を叩いて制止した。

ほぼ無人になったんじゃないかというほど静かなフロアに響いた音に、肩をビクッと跳ねさせると、峯田先輩は真面目な顔で言う。

「だいたいの事情はわかった。つまり、九条のせいだな」

「えぇ……いや、そうだけど」

「夫婦になるんだろう。責任を取るのは男の仕事だ。甘んじて受けろ」

言い終わるや否や、峯田先輩のチョップが九条さんの脳天に落ちる。「いてっ」と小さくもらした九条さんを見た峯田先輩は、「まったく……」とこぼしながら私に視線を移す。

「明後日バージンロードを歩くんだろう。社内で走り回って万が一のことがあったらどうする。俺は先輩として、七瀬が捻挫や打撲を負った状態なんかでウエディングドレスを着てほしくない」

「……はい。すみませんでした」

頭を下げ謝ると、峯田先輩は「まぁ、いい」とお説教を切り上げる。

「幸い、雪予報のおかげで社内に残っている人間も少ないし、おかしな噂にもならないだろう。今後は充分に気を付けるように」

「はい。気を付けます。すみませんでした」

「ああ。……九条」

峯田先輩に視線を向けられた九条さんは、渋々といった感じで「はいはい。気を付けるよ」と返事をしたせいで、二度目のチョップを落とされる羽目になったのだった。

結局、会社を出た頃にはしっかりと雪が降りだしていて、しんしんと降り積もった雪のせいで私の使う路線のダイヤは乱れているようだった。

もっとも、もともと今日はアパートに帰る予定はなかったからいいのだけれど。

「荷物、重たくないですか？」

マンションの最寄の駅構内で軽く夕食を済ませてからの帰り道、歩きながら聞くと九条さんは「平気」と答えてから、私の荷物が詰まったボストンバッグを肩にかけ直す。

空から落ちてくる雪はぼたん雪になっていた。もうすぐやむのかもしれない。

周りを見ると、会社帰りと見受けられる何人かのサラリーマンが、足元に気を付けながら歩いていた。

「これ、中身、服か？」

片手に私と自分の荷物、片手に傘を持っている九条さんが聞く。

「はい。段ボールに詰めて宅配便で送ったんですけど、入りきらない分があったので」

「ああ、そういえば届いてたな。三箱受け取っておいた」

「え、もう届いたんですね……すみません。明日届くかと思ってました」

今日はもともと泊まる予定だった。だから明日届けば私が受け取れると思っていたのに……。あまりに早く宅配されていて驚くと九条さんは「いや、受け取るだけだし」

と言い、傘の雪を軽く払う。

気づけばもう九条さんの住むマンション前で、本当に立地がいいなぁと何度目かわからない感想が浮かんだ。

駅から徒歩五分。駅近なのに、辺りは閑静な住宅街だ。マンションは新しく部屋は広い。ついでにオシャレでもある。

そんな部屋が私の部屋にもなるんだなぁと考えると、落ち着かないようなむずむず嬉しいような不思議な感覚だった。

明日、全部引っ越しを済ませ……そして、婚姻届を提出する予定でいる。

「おじゃまします」

十一階建ての八階の角部屋が九条さんの部屋だ。ダークブラウンのフローリングに白い壁、濃いグレーのカーテン。二十畳近くあるリビングダイニングには、ふたり用のダイニングセットと、黒い革張りのソファが置かれている。

温かみのある木製のダイニングセットは先週ふたりで選んだもので、ソファは九条さんがもともと使っていたものだ。

八畳ほどの寝室にはすでにダブルベッドが届いているし、私の荷物も続々と運び込まれている。

初めてこの部屋に来たときとは、だいぶ変わった部屋を目の当たりにすると、結婚するという実感がじわじわと湧いてくるようだった。

「はー、今日は思いがけず鬼ごっこなんかしたから疲れたな」

私のバッグをソファに置いた九条さんにからかうように笑われ、「すみません……」と苦笑いをこぼす。

本当にあの逃亡劇はなんだったんだろう。結婚した後も笑い話にされそうだ。

ふたり分のコートをハンガーにかけていると、九条さんは「まぁ、楽しかったからいいけど」と言ったあと私の手を取る。

「でも、もう逃げるなよ。おまえに拒絶されると、これでも結構へこむから」

「すみません」

ふふっと笑っていると、九条さんは私の手を握ったままスタスタと歩き、寝室に繋がるドアを開けた。

暖色のライトがともるリビングダイニングとは違い、暗い寝室。白いシーツのベッドの他はよく見えないくらいの薄暗さだった。

そういえば、私の段ボールが三つ届いたって話していたっけ。クローゼットは寝室にあるから、九条さんはきっと寝室に置いてくれているはずだ。だったら今から片付けてしまったほうが明日からが楽かもしれない。

そう考えて、薄暗い部屋のなかにあるであろう段ボールを視線で捜していたとき。

振り向いた九条さんに、ギュッと抱き締められる。

すりっと頬に顔を寄せられ、わかりやすくそういう雰囲気をつくり出す九条さんに、意識した心臓が徐々に速度を上げていくのがわかった。

背中をゆっくりと這う手のひらや指先に、早くもゾクゾクとした感覚が身体を下から上へと走り抜ける。

開けたままのドアから漏れてくるリビングの明かりが、やたらと寝室をムーディーに見せていた。

シャツ越しに伝わってくる九条さんの体温も、漏れた明かりに浮かび上がる、ベッドのシーツのシワも、全部が艶めかしくて居たたまれない。

九条さんとこういう関係になってもうずいぶん経つし、回数だって……誰かと比べようがないけれど、少なくはないと思うのに。ベッドに誘われるたびに、私はいまだに恥ずかしくてたまらなくなってしまう。

それもこれも、こういうときの九条さんがこんな色気の溢れた顔をするせいだ。

細められた瞳に見つめられただけで、部屋の空気が一気にしっとりと甘い色を含む。

優しいのに、それだけではない奥に潜んだ欲みたいなものを見せつけられ、動けなくなる。

「……ん」

ゆっくりと唇が重なる。ふにふにとした感触を楽しむように何度も触れるだけのキスをしたあとで、自然と舌が重なった。

もう何十回、何百回と九条さんに慣らされたキス。それなのに、ただ応えるだけでいっぱいいっぱいになってしまう私を、九条さんはいつも笑う。

キスの最中で、今日もふっと笑われた気がして、恥ずかしくなって九条さんの胸を押した。けれど、九条さんの身体はびくともしなかった。

「ふ、ぁ……」

私よりも厚い舌に口内をくすぐられると、鼻から息がもれる。私がキスに必死になっている間にも、九条さんの手は私の服を脱がせている。こんなときなのに、本当に器用だなぁと感心してしまった。

ブラウスの前のボタンは既に全部外され、その上に着ていたはずのカーディガンはとっくに床に落ちていた。プツッという音がしたと思った直後、はいていたスカートが足元に落ちる。

大きな身体で抱き締められキスされると、それだけで身体の芯からとろけてしまうようだった。

「んぅ……は、ぁ……っ」

ずっと続くキスが苦しい。もう暴かれていない場所なんてないんじゃないかと思うほど、私の口内を隅々まで探っていた舌がようやく出ていくと、自然と息がもれた。キスだけで思考回路の半分もとろけてしまった私を、九条さんはそっとベッドに押し倒してから微笑む。

「荷解きはあとで手伝うから。とりあえず、こっちが先な。結婚前夜だし」

「結婚……それを言うなら、新婚初夜かと」

聞き慣れない単語を訂正すると、九条さんは私の背中にある下着のホックをはずしながら言う。

「もちろん、それもする。おまえ、そういうイベント事好きだし」

意味深な笑みへの反論が、プチンとホックの外された音に引っ込む。

「明後日は結婚式だし、明日は控えるから。その分、今しような」

にっと口の端を上げた九条さんの指先が身体を這う。

脇腹のあたりに触れていた大きな手が、ゆっくりと上がってくるから、くすぐったさに身をよじった。手を追うように触れる唇に、身体が震える。

九条さんは私に触れるとき、とても優しく、そして信じられないほどに丁寧だ。私はそれが恥ずかしくてたまらないから、いつももう大丈夫だと途中で音を上げるのだけれど、聞き入れてもらえた例はない。

なにか言うと『ん？　もう欲しい？』なんて、変なことを言わされそうになるから、ただひたすらに羞恥心と孤独な闘いを強いられる。でもそれも、そのうちに襲ってくる快感にどろどろに溶かされてなにがなんだかわからなくなってしまうのだけれど。

……今みたいに。

「ん……っ」

薄暗い室内。薄明かりに浮かぶ九条さんの色っぽい表情に、たまらなくドキドキする。なにかを耐えている表情に、頬を伝う汗に、くっきりとした鎖骨に……九条さんの全部に、欲情する。

「あっ……九条、さん……」

じわりと浮かんだ涙が、視界をゆらゆらと揺らす。

いつの間にか眼鏡は外されていたけれど、九条さんがいつそうしてくれたのかさえ気づけていなかった。

「は……っ、一華……」

掠れた声も、ツラそうにひそめた眉も、欲情の溢れる瞳も、熱い体温も。なにひとつ、私以外に渡したくなくて、ギュッと抱き締めた。

私はどうやら強欲らしい。


うとうととまどろんでいると、リビングの明かりを消した九条さんがベッドに戻ってくる。

九条さんも私も、今日これからお風呂に入ることは諦めることにした。ついでに言うと荷解きも明日に延期だ。とてもじゃないけれど、これから上半身を起こす体力は残っていなかった。

ギシリと軋んだベッド。誘われるように身体の向きを変えると、九条さんに抱き寄せられる。

部屋には、ヒーリングの音楽が聞こえていた。

この部屋に初めて泊まったとき、あまりに静かすぎて眠れないと言った私に、九条さんが用意してくれたものだ。二、三枚の睡眠導入効果のある音楽ＣＤを適当にかけてくれるのだけれど、これがとても心地いい。

もう眠気がそこまで来ていたとき、「そういえば」と九条さんが言った。

「おまえ、七草粥とかも作るのか？　今年も作ってたっけ？」

七草粥……という単語を、半分くらい睡魔に襲われている脳内で噛み砕く。

「七草……一月のですよね」

「そう。来月の」

「今年はたしか九条さんと旅行に出かけてたので作ってないかと。来年は……材料が手に入れば、ですかね。案外、手に入らないものが多いので」

せり、なずな、ごぎょう、はこべら……と思い浮かべたところで、途切れる。あとで調べようと考えていると、九条さんが「すごいな」と感心したように言う。

「それ、うまいの？　俺食べたことないけど」

「うーん。ただの風物というか、味を楽しむものではないというか……そこまでおいしいものではないと思うので、食べなくても全然……」

「ううん。食いたい」

即答され驚いていると、私のおでこにグリグリと頭をすりつけた九条さんが続ける。

「別にまずくってもいいよ。おまえと〝やっぱりこれ味しないな〟って、毎年笑いながら食べるの、楽しそう」

穏やかな声で告げられる、何年も先の未来図。
それは本当に楽しそうだと、九条さんとの未来を想像し、自然と笑みがこぼれていた。

END

一途な社長と
蜜月までのカウントダウン

葉月りゅう

The eve marriage

Anthology

蒸し暑い七月中旬、ネオンの光で明るすぎる都心の夜。

東京駅にほど近い広場のベンチに座る私は、若干濁りのある黒色の夜空に左手を掲げた。なんの飾り気もないその手は、星の姿がない闇に今にも吸い込まれてしまいそうだ。

「最悪……」

左手をぼんやりと見上げ、力無いため息と共に本音を吐き出した。

去年の今頃は、この薬指に宝石が輝くことを信じていたのに。

数時間前、美しいチャペルで、着飾った多くの参列者が皆一様に笑顔で家族となるふたりを祝福していた。ただひとり、私を除いて。

なぜなら、純白のウェディングドレスを纏った友人に寄り添う新郎の智《さとる》は、二年間私が付き合っていた人だったから。それも、〝結婚したいね〟と話していた元カレだ。

約半年前、智がいつになっても結婚に向けて動いてくれないから、どうもおかしいと思っていた矢先のこと。『ごめん、別れたい』と切り出され、明確な理由は教えてもらえないまま音信不通になった。

多大なショックを受けた三カ月後、高校時代に親しくしていた友人から結婚式の招待状が届き、新郎の名前を見た瞬間、目を疑った。印刷ミスか同姓同名の別人かもしれない。そうであってほしい、と今日まで願っていたのだが……幸せそうに笑っている彼は、紛れもなく無慈悲な元カレだった。

ふたりのなれそめVTRを見る限り、知り合ったのは一年ほど前で、それからすぐに付き合い出したのだそう。ということは、私ともしっかり被っている。別れた理由はこういうことだったのだと、今日はっきり判明したのだ。

おそらく新婦である彼女は、私と智が恋人同士だったことは今も知らないはず。知っていたら、わざわざ元カノを式に呼ぼうとはしないだろう。

だから、なにも知らない彼女に対しては、怒りや恨みなどの感情は湧いてこない。彼女にしてみれば、好きな人と幸せを掴んだだけなのだから。

問題は新郎のほうだ。

結婚式の準備を進めていく中で、新婦側の招待客のリストに私の名前があることに気づかないわけがない。そのときから〝マズい〟と思っていただろうし、実際、今日私と顔を合わせて、めちゃくちゃ気まずそうに目を逸らしていた。

私はそんな元カレに、満面の笑みを浮かべながら他人のフリをして『おめでとうございます』と言ってやった。せめてもの嫌味のつもりで。

しかし、それでもう私が吹っ切れていると思ったのか、あいつはあからさまにホッとした顔をして、それからは私の存在なんて忘れたかのように幸せに浸っていたのだ。私が本当はどんな気持ちでいたかなんて、考えもしないいんだろう。思い出すだけで腸《はらわた》が煮えくり返る。

こんなに気分が悪くなるなら、嘘をついてでも参列しなければよかった。智はともかく、友達の幸せを喜んであげられないなんて、失礼すぎるし。

「私の存在って、なんなんだろ……」

虚しい笑い混じりに自嘲して、夜空に掲げていた左手をぶらりと下ろした。今はなんだか、この世界にひとりぼっちになってしまった気分。

私の恋愛経験はたいして多くない。その内容もあまりいいものではなく、ちゃんと愛されていると自信が持てたことがない。

でも、智は違うと信じていた。私と別れた理由は女絡みではないし、私を愛して、求めてくれていたのは確かだって、そう、信じていたかったのに――。

自分が彼にとって大切な相手になれなかったことを実感すると、わずかな希望どころか、存在意義さえも失ってしまったような絶望感に襲われ、堰を切って涙が溢れた。

今の時間は、この広場のベンチに座っている人はほとんどいない。それをいいことに、私はこぼれる雫を無理に止めることはせず、しばらく俯いていた。

そのとき、「はい」という男性の声と共に、淡いブルーのハンカチが視界にスッと入り込んできた。

驚いて顔を上げると、思いもよらない人物がそこに立っていて、ヒュッと息を呑む。

「えっ⁉ しゃ、社長――っ！」

思わず叫んでしまった私は、飛び上がる勢いで立ち上がった。

それでも見上げるくらいの高身長、きりりとした目鼻立ちで俳優のように精悍な顔。その容姿でも人を惹きつける彼は、私が勤める会社の代表取締役社長、柳柊一朗《やなぎしゅういちろう》だ。

わが社は、東京近郊エリアでトップシェアを誇るハウスメーカー。その社長を務める彼は、いつも笑顔で温和な性格であるが、仕事は妥協せず、頼りがいもあるため人望が厚い。たびたび各部署に顔を出し、気さくに話をして社員との繋がりを持とうと心がけているし、中身も素敵な人だと評判だ。

長めの前髪を流して額を出したダンディーなショートヘアは、三十五歳の彼によく似合っている。服装はいつものスーツではなく、サマーニットからシャツを覗かせたカジュアルなスタイルで、私服姿も文句なしにカッコいい。

というか、ハンカチを受け取るどころではない。柳社長と、こんなふうにして遭遇してしまうなんて！

目をしばたたかせる私を見下ろし、彼は優しく微笑む。

「どこかで見たことのある子がしんみりしてるなと思ったら、やっぱり君だったか。御厨《みくりや》ひかりさん」

ただの事務員である私のフルネームを覚えていたことに驚くも、頬が濡れたままだったことを思い出し、慌てて手で拭う。社長のハンカチなど恐れ多くて使えない。

そして、今さらながら挨拶をする。

「お疲れ様です……！　今日はお休みですか？」

「あぁ。この近くでハウスメーカーの勉強会をやっててね、これから帰るところだったんだ。君は見たところ結婚式帰りって感じだけど、そんなに感動したの？」

休日まで仕事関係の用事をこなしている社長を尊敬するも、こちらに話を振られてギクリとする。私のネイビーのパーティードレスとアップにした髪型、それに、足元に置いた引き出物の大きな袋を見れば、結婚式帰りだと想像がつくだろう。

　式が終わってもなお、感動して泣いている人はそんなにいないと思うけれど、悔し泣きしている人なんてさらにいないはず。それを悟られたくなくて、私はとりあえず社長の言葉に同調することにした。

「そ、そうなんです！　すごかったんですよ。おもてなしも豪華だったし、両家のご家族がダンスを踊ってお祝いしたりして、ふたりともすごく、幸せそうで……」

　へらっと笑ってそう言ったものの、あまり見たくなかった智たちの姿が鮮明に蘇ってきてしまう。笑顔はすぐに作れなくなり、社長と会った驚きで一旦引っ込んでいた涙が、再びじわっと目のふちに溜まった。

　ダメだ。一度緩んでしまった気持ちも涙腺も、そう簡単には元に戻らない。

「うぅ～」

「なんだ、どうした⁉　大丈夫か？」

　嗚咽を漏らし、先ほど以上に泣き始めてしまった私に、社長はギョッとして手にしていたハンカチを優しく私の目元に押し当てた。もう片方の手はそっと肩に置き、心配そうにしてくれる彼の気遣いが、余計に涙を止まらなくさせる。

「ごめんなさ……っ、社長が泣かせたって、思われちゃいますね」

「それより君が泣いてるほうが問題だ。俺はよく女泣かせだと誤解されるからいいんだよ。いや、よくないが」

真剣な調子でひとりツッコミをする社長に、涙を流しながらも笑ってしまう。

確かに、社長は決してチャラいわけではないが、話し上手で女性の扱いも手慣れていそうに見える。人たらしという感じで、男女関係なく周りに人が集まるようなタイプだから、誤解されることがあるのかもしれない。

ちょっぴり自虐的な彼がおかしくて泣き笑いしていると、それに安堵したのか、彼は口元を緩めてよしよしと頭を撫でる。その大きな手の感触にドキリとしたあと、子供みたいに泣いてしまったことの恥ずかしさに襲われる。

あぁ、社長の前でなんたる失態を……。結局、ハンカチも汚してしまったし。洗って返さなくちゃ、と思いながらありがたく受け取る。濡れた頬を拭っているうちに冷静さも戻ってきて、涙は自然と止まっていた。

「本当にすみません。でも、ちょっとスッキリしました」

迷惑をかけたことは申し訳ないけれど、我慢しないで泣いたせいか、社長が笑わせてくれたおかげか、幾分か気持ちが軽くなった。

続けてお礼も言おうとした瞬間、僅差で社長が先に声を発する。

「御厨さん、これから少し時間ある？」

「あ……はい、今日はもう帰るだけなので」

「そうか。じゃあ、飲みに行こう。まだモヤモヤかなにかが溜まってるだろ」

キョトンとしてとりあえず答えたら、まさかのお誘いを受け、私は目を見開いた。

柳社長と、ふたりで飲みに!? しかも、私の憂さ晴らしのため……そんなことにこの高貴なお方を付き合わせるだなんて、恐縮すぎる！

到底受け入れられず、私はぶんぶんと手と首を横に振る。

「いえっ、そんな申し訳ないです！　私なら大丈夫ですから」

「俺が大丈夫じゃないんだ」

「へっ？」

思わぬひとことが返され、意表を突かれた私は間抜けな声を出してしまった。

なにやら真剣に、力強い瞳でこちらを見つめてくる彼に、息を呑む。

「このまま君を帰したら、たぶん後悔する」

彼の唇から出たのは、意味深な呟き。その意味を測りかねてわずかに首を傾げる私に、社長はふっと笑みをこぼす。

「俺が君といたいってことだ。付き合ってもらえるか？」

なんだか甘いセリフだと勘違いしそうになる言葉を投げかけられ、心臓が軽くジャンプした。

おそらく私に気を遣わせないためなのだろうけど、そんなふうに言われたら否応なくドキッとしてしまうし、断れないですって……。

やっぱり手練れなのでは?と疑いつつも、社長といること自体は心地いい。ここは厚意に甘えようと、はにかみながら頷いた。

私が承諾すると、社長は満足げに「よし」と言い、引き出物の袋を持ってさっそく歩き出す。こちらが遠慮してもお構いなしで、とことん女性に甘いらしい。

まだたったの数分しか一緒にいないのに、社長の知らなかった部分がどんどん見えてくる。

そういえば自分の呼び方も、会社では〝僕〟だったはず。普段は〝俺〟なんだ。

これまで覗くことができなかったプライベートが垣間見えて、隣を歩く彼に意識が集中させられっぱなしだった。

社長が足を向けたのは、高級感漂うラグジュアリーホテル。ここのバーが目的地らしい。

三十八階に着き、柳社長にくっついてムーディーなバーに入る。窓の外を眺められるように設置されたソファ席に案内されると、美しすぎる東京の夜景が一面に広がっていて、私は感激しまくってしまった。

社長は嬉しそうに笑い、ソファに並んで座ると、私の好みを聞いてカクテルを頼んでくれた。

ここに来る間も彼の対応はとてもスマートで、紳士的な大人の余裕を感じる。一歳上の智は、どちらかというと気が利かないほうだったし、お姫様気分を味わえるような交際ではなかったな。

ぼんやりとそんなことを頭の隅に置き、お酒で乾杯したあと、私は智と今日のことをすべて打ち明けた。なんとなく、社長なら親身に聞いてくれそうな気がして。

「……なるほど。元カレと自分の友達との結婚式だったのか」

社長はブランデーが入ったグラスを傾けつつ、納得した様子で言った。

「しかも、御厨さんとも結婚の話をしてたなら、なおさら裏切られたって感じるだろうな」

共感してもらえるだけで、また少し心が軽くなる。

「私、十一月で三十歳になるんです。遅くても三十路になる前に結婚したいって、若い頃から漠然とタイムリミットを決めていました」

三十というのは、女のひとつの区切りの歳だ。ここまでに結婚して、できれば子供もひとりいたらいいな、と予想図を描いていた。

タイムリミットが近づいてきて、現実は理想通りにいかないのだとわかり、焦り始めていたときだ、智と出会ったのは。

「二十七歳のときに彼と付き合って、結婚の話が出て、それに安心しきってたところもありました。〝この人がいるから、私は結婚できる〟っていう、油断とか怠慢があったから、彼の気持ちが離れていることにも気づかなかったんだと思います。私にも落ち度があったんですよね」

今、冷静になって考えてみれば、決して智だけが悪いのではないと気づく。

彼を幸せにしてあげたい気持ちよりも、結婚したいという自分の欲のほうが勝っていたのかもしれない。そんな女のもとにいたいと、誰が思うだろうか。

智と結婚した彼女は、なんの取り柄もない私と違ってアイドル並みの容姿を持ち、おしとやかで、とても甲斐甲斐しい子だ。天秤にかければ、彼女を選んだとしても仕方ないと負けを認められる。……だけど。

「でも、だからって二股かけていいことにはならないと思うんです。ちゃんと私とのことにけじめをつけてから付き合っていれば、まだ納得できたのに……！」

本音を吐き出し、幾度となく沸き起こる苛立ちをなんとか鎮めるため、カクテルを飲み干してドンッとテーブルに置いた。

急に怒り出した私に、社長は少々驚いた様子で目を丸くする。そして、宥めるような落ち着いた声で、男性目線の意見をくれる。

「最初は君のもとに戻るつもりだったのかもしれないよ。遊びのつもりが本気になってしまった、って感じだと思うが。ほら、興味本位で変わり種のポテトチップスに手を出したら、いつものうすしお味が物足りなく感じるようになった、みたいな」

「たとえがわかりやすすぎる……」

なんとも言えない気分で、私は苦笑を漏らしながらうなだれた。「俺はうすしお味に戻るタイプだけどな」という、ややどうでもいいひとことが聞こえてきて、頭を垂れたまま笑ってしまう。そして、やりきれないため息と弱音を吐き出した。

「当分、男の人を信じられなくなりそうです。誕生日までの四カ月どころか、もう一生結婚できないかも……」

あと四カ月で新しい恋を見つけて、さらに結婚にこぎつけるなんて至難の業が、これまで男運のなかった私にできるわけがない。今回のことで、簡単に相手を信用してはいけないという教訓も得てしまったし、ハードルは高くなるばかりだ。

諦めモードで、泣いたのとアルコールが回ってきたのとで重くなった瞼をしばらく閉じていた、そのとき。

「なら、俺と結婚するか」

耳を疑うひとことが頭に響いてきて、私はゆっくり、しっかりと目を開いた。

なんか、すごく衝撃的な言葉が聞こえた気がするんだけど……空耳？

「い……今、なんて？」

ぽかんとして隣に目を向けると、より男らしさを感じる表情に変わった彼と視線が交わる。

「ほかの男は信じなくていい。俺と結婚しなさい」

——聞き間違えじゃなかった。私、求婚されたんだ。柳社長に。

一瞬本気にしそうになったものの、すぐに冗談だろうと思い直す。この状況でからかうって意外と失礼だな、と呆れつつ、私は乾いた笑いをこぼした。

「もう、冗談はやめてください。ちょっと本気にしそうになっちゃいましたよ」

「本気にしろ。冗談で求婚なんかしない」

こちらを見つめたまま思いのほか真剣な声でそう言われ、ドキリと心臓が動いた。

え……嘘でしょう？　本気、なの？　本気で、私と結婚しようと⁉

ありえない展開に私の笑みが消え、衝撃と困惑でなんだかおかしな顔になる。無意識に身体を引いてしまい、私たちの間にあった拳ふたつ分くらいの微妙な距離が、さらに広がった。

「し、信じられません！　だって、私はただの事務員ですし……」

「俺はそんなこと気にしないぞ。幸い、俺には許嫁《いいなずけ》もいないし、兄貴が結婚してるから親も口うるさくない。内心はそろそろ身を固めてほしいと思ってるだろうけど」

淡々と具体的な話をする彼は、確かにからかっているふうには見えない。ということは、本当に……⁉

これは、智のような単なるノリではないと感じ、私もなんとか気を落ち着かせて真面目に思考を巡らす。

社長ほどの人なら、周りにもっと素敵な女性が大勢いるはず。にもかかわらず平凡すぎる私なんかを選ぶって、どういうことだろう。すぐにでも結婚しなければいけない理由があって、結婚を急いでいる私がちょうどよかったから、とか？

「私と結婚したら、社長になにかメリットがあるんですか？」

ただならぬ事情があるんだろうかと、若干怪訝な顔をして尋ねてみた。社長は一度グラスを口に運んだあと、ふっと魅力的な笑みを浮かべて言う。

「愛する人を一生独占できる。最高のメリットだよ」

まぁ、普通はそうですよね……と、彼の答えに軽く頷いていた私は、ふと引っかかってぴたりと動きを止めた。

私と結婚することで得られるメリットは、愛する人を一生独占できること。それって、まさか。

心拍数が急上昇し始めたそのとき、社長はこちらにしっかりと身体を向け、淀みのない双眼に私だけを映し出す。

「御厨ひかり、君のことが好きだ。今日話してさらにその想いが強くなった」

――ひと際大きく心臓が跳ね、ストレートな言葉が電流のように全身を駆け巡り、甘く痺れた。

きっと、これも冗談ではない。だってその瞳が、声が、あまりにも情熱的な色を帯びているから。

ドキドキが加速すると共に顔に熱が集まり、恥ずかしさに俯く。

私が好き……って、なんで？　今の口ぶりからすると、たぶん前から想ってくれていたのよね。会社で社長と話したことはそんなに多くないし、特別なことがあった記憶もないのに。

「ど……どうして、私を？」

膝の上できゅっとスカートを握り、遠慮がちに見上げて問うと、彼は少々いたずらっぽく口角を上げる。

「それは結婚を承諾してくれたら、おいおいね」

「えぇ」

つい不満げな声を出してしまった。社長はクスクスと笑い、「大人の男はズルいんだよ」なんて言う。

……本当にズルいですよ。あなたのようなパーフェクトな方に、突然告白に求婚までされたら、嫌でも気持ちが揺らいでしまう。

笑顔や、グラスを傾ける仕草ひとつとっても、余裕とセクシーさを感じてドキドキしてしまうし、私だけが踊らされているみたいでなんだか悔しい。

頬が火照っているのを自覚しながら口を尖らせる私に、社長がさっぱりとした口調でこんなことを言い出す。

「結婚をＯＫしてくれたとして、仮のスケジュールを立ててみるか。君の誕生日は十一月の何日？」

「勤労感謝の日です。二十三日」

とりあえず答えると、彼は納得したように頷いた。

「それはちょうどいい。祝日だし、式は誕生日にするとしよう。今から約四カ月あるし、急げば準備も間に合うだろ。婚姻届の提出は君が三十になる前、つまり二十二日に済ませる。〝いい夫婦の日〟だし、最高じゃないか」

説明された具体的なスケジュール案は、確かに私にとってはかなりオイシイものだ。この話を逃したら、当分結婚は遠退くに違いない。

「どうだ、少しは前向きになったか？　君は三十歳までに結婚したい、俺は君が欲しい。こんなに利害が一致する相手はそうそういないぞ」

得意げな顔すらもカッコいい社長だけれど、やっぱり安易には乗れない。裏があるのでは……とどうしても勘ぐってしまうし、それにいくら早く結婚したくても、相手を愛せなければ意味がないのだから。

柳社長は、人間的にとても素敵だと思う。こうしてふたりでいても、まったく嫌な気分にはならないし、むしろ心地いい。だが、それだけでは判断材料が足りないのだ。

ぐらつく心を見えない手で支え、私は神妙な顔で答える。

「確かに魅力的ですけど、だからってお互いの人生に関わることを簡単には決められません。私はまだ、社長のことを男性として好きなわけではないですし……」

「婚姻届を出しさえしなければ後戻りはできる。だから、君が決断するタイムリミットは結婚式の前夜だ。それまでに、必ず俺を好きにさせてみせる」

自信に満ちた言葉と、標的に向けるような力強さを感じる瞳に、ドキリとさせられる。本当に好きにさせられてしまうかも、と思うほど。

しかし、そんなに甘くはないかもしれない。私は彼の目をまっすぐ見つめ返し、念のため確認しておく。

「もし、好きになれなかったら？」

「そんなことにはさせない」

きっぱりと言い切られ、私は口の端を引きつらせて苦笑した。

この人には脱帽だ。なんという自信の持ち主……。一企業のトップになるには、このくらいの度量がないといけないのかしら。

とはいえ、彼ともあろう人が、万が一のときのことを考えていないはずがない。

「まぁ最悪、君が結婚直前に〝やっぱり嫌だ〟って言い出したら、そのときは破談にするさ」

社長は小気味いい笑みを浮かべ、あっさりと宣言した。

破談……ということになるのか、やっぱり。でも、式直前でそんなことにしたら社長のメンツにもかかわるし、私も周りからなにを言われるかわからない。最悪、会社にいられなくなるかもしれない。

悪い想像しかできず、私は無意識に顔を歪ませてしまう。

「考えるだけで恐ろしいんですが……」

「そのときは俺が会社を去ればいいだけだ。心配するな」

とんでもないひとことをさらっと口にされ、私はギョッとして目を見開いた。

社長が会社を辞めるってこと？　そんなことは許されないだろうし、私だってもちろん辞めてほしくはない。

「待ってください、そんな……っ！」

「ずっと前から新しく始めたいと思ってたことがあるんだよ。いずれはやるつもりだし、実行に移すいい機会になる」

開いた隙間を埋める勢いで身を乗り出して物申そうとする私を意に介さず、彼は不敵な笑みを見せてそう言った。

窓の向こうを見据える彼の瞳には、夜景ではなく、未来のビジョンらしきものが映っているように思える。その迷いのない横顔がなんとも美しく、目を奪われる。

彼には彼の、しっかりとした考えがあるのだろう。私に結婚の提案をしたのも、きっとただの気まぐれとか、そんな軽いものではないはず。私を好きだという、その気持ちも……。

「ひかり」

ふいに名前を呼ばれ、目線を向けられて、胸がときめく感覚を覚えた。

次いで、ソファについていた私の手に彼のそれが重ねられ、ピクリと肩が跳ねる。

大きく温かなぬくもりに包まれ、心臓が忙しなく鼓動のスピードを速めた。

彼は、これまでにないほど近づき、そのきりりとした双眼で私を捉えて口を開く。

「俺はそのくらいの覚悟で、君に結婚を申し込んでいるんだ。それだけは、信じてほしい」

……まるで、魔法にかけられたみたいだった。

つい数時間前まで、私の頭の中は元カレが占領していて、ぐちゃぐちゃで嫌な気持ちが渦巻いていたのに、今はふわふわと浮いているほどに夢見心地で。

私の直感が、〝彼にならすべてを預けてもいい〟と告げているような気さえするのだから――。

ジェットコースター並みに浮き沈みが激しかった一日の二日後、仕事が終わってから、同僚の中で一番仲のいい皐《さつき》と行きつけのイタリアンレストランで夕飯を食べることになった。もちろん、社長とのことを相談するためだ。

同い年の皐は、ナチュラルストレートの長い髪が大人っぽい美人で、同棲中の彼がいる。恋愛経験豊富な彼女はなんと言うだろうかと、料理が運ばれてきたのをきっかけに切り出した。

「あのさ、突然なんだけど……私、社長に求婚された」

単刀直入にさらっと言うと、皐はピザを食べようとした口を開けたまま固まり、大きな猫目をぱちくりさせている。

「球根にされた？　ガーデニングの話でもしてたの？」

「その球根じゃない」

ヒドい間違いに、私は速攻でツッコんだ。

しっかりと一から説明すると、皐は目を見開き、口元を両手で覆って「えぇぇ～っ⁉」と叫んだ。いつも落ち着いている彼女がこんなに興奮しているのだから、やっぱり相当な衝撃だろう、このエピソードは。

「マジ？　マジで結婚してくれるっていうの⁉」

「うん……あとは私次第、的な」

「やったじゃんひかり！　遅くても三十までには！ってずっと前から野望があったもんね。しかも玉の輿！　残り物に福があったんだよ～」

私のことで私以上に喜んでくれるのはいいけど、なんかいろいろと失礼だな。まぁ、私が弄られるやり取りは出会ってからずっと変わらないから今さらか。

苦笑して私もピザをかじると、皐が顔を覗き込んでくる。

「でも、あんまり嬉しくなさそうじゃない？　イケメンで優しくてハイスペックな、あの社長だよ？」

「嬉しくないわけじゃないんだけど、付き合ってもないのに求婚されるって、現実味がなさすぎてどうしたらいいか……」

どこからか飛んできた宝くじが一等だった、みたいなありえない展開が自分の身に起こってしまったのだ。急に夢が現実になってしまうと、対処に戸惑う。

それに、以前私は社長の前で失言してしまったことがある。

私たちの会社に限らず、ハウスメーカーは各地に持っている住宅展示場や、CM・広告で宣伝するのが一般的だ。しかし、それには多くの費用がかかり、お客様の家の建築費から賄われていたりする。その事実を知って以来、無駄に立派な展示場はなくして、その分お客様への負担を減らせたらいいのにと思っていた。大事なお金は会社のためじゃなく、自分たちのために使ってほしい、と。

そんなとき、経営計画発表会という社内イベントが開かれた。その最中の立食パーティーで、私は皐に『展示場っていらなくない?』と持論を展開したのだ。

しかしその直後、柳社長がたまたま後ろにいたことに気づいて青ざめた。

ただの事務員のくせに、なんて偉そうなことを言ってしまったんだろう……! 聞かれていたら、絶対心証を悪くしたに違いないと、密かにずっと気にしていた。

「経営計画発表会のときに生意気なこと言っちゃってから、絶対イメージ悪いと思ってたし」

「それ一年以上前のことでしょ? そんな些細なこと向こうは覚えてないわよ」

「そうかなぁ」

神妙な顔で考え込む私に、皐はさっぱりとした調子で言う。

「まぁ、とりあえず元カレのことが尾を引いてるとかじゃないならいいわ。心配してたのよ、結婚式なんて行っちゃって大丈夫かなって」

あぁ、そういえば智の件はすっかり頭から抜けていた。

彼と別れた当時や結婚することを知ったとき、皐はやっぱり私以上に怒り、励ましてくれて、それにだいぶ救われた。しかし、求婚の威力はそれ以上で、私の頭の中は今や社長でいっぱいになっている。

「社長のおかげで、智のことはどうでもよくなったよ」と明るく笑い飛ばすと、彼女も安心したように微笑んだ。

元カレを忘れられそうなだけでもいい影響だと思うけれど、社長はどうやら本気みたいだし、私も真剣に検討しなければ。

『まずは結婚に向けて進むかどうか、一週間後に返事を聞かせてくれ』

二日前に言われたことを思い返しつつ、皐にアドバイスを仰ぐ。

「恋愛感情がないまま、結婚を決めてもいいのかな」

「んー……いいんじゃない？」

数秒唸って考えた皐は、あっけらかんと答えた。それがあまりにも他人事のような調子だったものだから物申そうとしたものの、彼女のアドバイスには続きがあった。

「結婚っていう目的に向かって進んでみないことには、どうなるかわからないじゃない。政略結婚だってうまくいく人たちはうまくいくし、ひかりにもそのうち愛が芽生える可能性は十分あるんだから。逆に愛し合ってるカップルでも、結婚の準備を進めてる間に、価値観やら趣味嗜好やらが合わないってわかって破談になる人たちもいるでしょ。どう転がるかはやってみなきゃわからないよ」

「……確かに」

彼女の意見には〝なるほど〟と唸らされた。

皐の言う通り、愛があっても結婚となるとうまくいかないカップルだって存在する。逆に、まだ愛が半分しかない私たちでも、これから花が開く可能性は十分にあるのだ。やってみなければわからない。社長ときちんと、向き合ってみなければ。

ふむふむと頷く私に、皐は少し真面目な表情になって持論を話し出す。

「同棲してみて、金銭感覚とか食べ物の好みとか、いろんな相性が大事だなって実感したんだけど。なんだかんだで、相手を思いやったり、感謝したりっていう気持ちがお互いにあることが一番大事かな、と思うよ。それも〝愛〟のひとつかなって。これは努力すればなんとかなるし、今からでもひかりにできることだよ」

温かな彼女の言葉が、じんわりと胸に沁み込んでいく気がした。

そうか。無理に好きになろうとするんじゃなく、感謝や敬意を持って接していれば、自然と相手を愛しく想うことができるかも。

社長には感謝するべきだ。こんな私を好きだと言ってくれて、しかも夢の結婚まで実現させてくれようとしているのだから。

その理由も、彼のこともっと深く知りたいし、まずは一歩ずつ歩み寄ることから始めてみよう。

「ありがとう、皐。前向きに考えてみる」

相談事にはいつもためになる言葉をくれる彼女にも感謝して、笑顔を向けた。

すると、皐はなぜかニヤリと口角を上げる。

「ま、手っ取り早く相性を確かめるのは寝てみることじゃない？」

「無理ー」

身体の相性も大事だとは思うけど、さすがにそれは！と頭を抱える私。おかしそうにケラケラと笑う皐は、私たちの行く末を楽しんでいることが明らかだった。


突然の求婚から一週間経った土曜日、社長との初デートの日を迎えた。

今日まで、彼は夜になるとこまめに電話をしてくれていた。用事は特になく、『ただ君の声を聞きたいからだ』と恥ずかしげもなく言ってのける。それだけでもう恋人になったような錯覚に陥ってしまいそうになるけれど、これからしっかりと彼のことを見極めていかなければ。

服装はあまり気合を入れすぎず、かつ女らしさもプラスできる、ふんわりとしたレースのブラウスにスキニージーンズ、ヒールを合わせたコーディネートにしてみた。ゆるいウェーブのボブの髪は、ナチュラルにセットして下ろしたまま。どう思ってくれるかなと、姿見の前でドキドキするのはいつぶりだっただろうか。

午後二時に駅で待ち合わせして映画館に向かい、緊張しながらも楽しい時間を過ごした。外が暗くなってきた今は、社長お墨つきの焼き鳥屋にいる。知る人ぞ知る、というような場所にあり、焦げ茶色の板張りの店内はノスタルジックな雰囲気だ。

半個室のテーブル席に向かい合って座り、社長にお任せして焼き鳥を頼んでもらうと、彼は深く息を吐き出した。どうやら、先ほど見たファンタジー映画にだいぶ影響を受けたらしい。

「俺も魔法使いたい……ドラゴン手懐けて悪魔と戦いたい……」

「めちゃくちゃハマってるじゃないですか」

遠い目をしてボソボソと呟く彼にツッコミを入れ、私は肩を震わせて笑った。

映画を見終わった直後から、社長はその余韻から抜け出せていないのだ。気に入らない可能性のほうが高そうだと思っていたから、予想外すぎて面白い。

実は、私はファンタジーが大好きなのだけれど、社長は医療ミステリーや現実的なもののほうが好みらしい。どの映画を見るか選んでいたときにそのことを知り、うまく好みが合うなんてことはないよね、と少々残念に思っていた。

しかし彼は、『これで俺が克服できたら、これから一緒に楽しめるだろう』と笑い、あえてファンタジーを見ることにしたのだ。

こうやって、私の好きなものを共有してくれる前向きな彼の姿勢も素敵だと思う。智は、自分の苦手なものにあえて手をつけることはしない人だったから。

「いや、本当に面白かったよ。ひかりと一緒に見たから、なおさらよかったのかもな」

満足げにそう言われると、素直に嬉しい。すっかりナチュラルに名前で呼ばれるようになったことも、ちょっぴりくすぐったいけれどいい気分だ。

お互い上機嫌で映画の感想を語り合っているうちに、飲み物と焼き鳥が運ばれてきた。炭の香りに食欲をそそられ、さっそくいただいてみると、まさにほっぺたが落ちそうになった。表面はカリッと、中は柔らかくジューシーで、旨みが凝縮されている感じでとても美味しい。さすがは社長のオススメだ。

そういえば、このお店はこの間のバーとは全然違い、カジュアルでお値段もそれほど高くはない。私としては庶民派な店は落ち着くから好きなのだけど、社長も案外そうだったりするのだろうか。

「社長って、こういう焼き鳥屋さんにも来るんですね」

「来るよ。なんで？」

「この間みたいな、ホテルのバーやラウンジとか、おしゃれなフレンチとかによく行かれているのかなと」

しっかりたれが絡んだ甘辛いモモ肉に舌鼓を打ちつつ、なにげなく言うと、キョトンとしていた社長はふっと笑いをこぼした。

「どちらかと言えば、気取らないで入れる安くて美味い店のほうが好きかな。俺は散財するタイプじゃないから、ああいうお高い店はここぞというときに行くんだよ。好きな子を落としたいときとかね」

いたずらっぽい瞳を向けられ、じわじわと頬が火照り出す。不意打ちで間接的に告白するの、ズルいですよ……。

照れ隠しで髪を触る私に、社長は、「あ、決して今日は気を抜いてるってわけじゃないからな」と念を押す。それは十分わかっているし、安い店に連れて行かれたからといって一概に自分が軽視されているとも思わないので、笑って頷いた。

金銭感覚もそこまで大きな差はなさそうだし、さっきお互いが食べたいメニューを〝せーの〟で指差したら、ふたりとも砂肝だったし。なんとなく私たちは合いそうな気がしている。

心が弾むのを感じながらグラスに口をつけると、彼はなにげない調子で続ける。

「それに、こういうところのほうが、君も変な気を遣わないで俺に返事ができるだろ」

「あ……」

そうだ、普通に楽しんでしまっていて大事なことが頭から抜けていた。今日、私は結婚を前提に社長と付き合うかどうか、返事をしなければいけないいんだった。

彼がカジュアルな店を選んだのには、私が正直に答えやすいようにという配慮もあったのか、と納得すると共に心拍数が上がり始める。

「決心したか？」

社長はテーブルの上で腕を組み、私をまっすぐ見つめて問いかけた。

私はグラスを置いて姿勢を正し、騒ぐ胸を落ち着かせて口を開く。

「はい。社長の提案を、お受けしたいと思っています」

今日デートしてみて、前よりもっと社長のことを知りたくなった。もっと一緒に時間を過ごして、深い関係になりたい。

「決めたからには、全力で向き合います。ずっと一緒に生きていきたいと思えるくらい、社長のことを好きになりたいです」

しっかりと目を見つめ返して自分の気持ちを伝えたものの、直後に恥ずかしさが襲ってきて肩をすくめた。でも、社長がどんな反応を見せてくれるかも気になる。

上目遣いでなぜかぽかんとしている彼に注目していると、彼は片手で口元を覆って心なしか深刻そうに呟く。

「……やっぱりこの間みたいなバーにするべきだったか」

「え？」

「君を抱き締めたい衝動を抑えるのが大変だ」

なにを言うのかと思えばこちらがさらに恥ずかしくなることで、私は顔を熱くしながら、「バーでも抑えてください！」とツッコんでしまった。

というか、なぜこのタイミングで抱き締めたくなるのだろうか。

「抱き締めたいって、どうして……？」

「〝結婚したい〟じゃなくて、〝好きになりたい〟と言ってくれたことが、すごく嬉しいんだよ。ありがとう」

遠慮がちに問いかけると、社長はとても穏やかに微笑んでそう答えた。

そんな些細なことで喜んでくれるなんて。私まで嬉しくなって照れ笑いを浮かべ、「今度は医療ミステリーを見に行きましょうね」と自分から誘っていた。

結婚に向けて、大事な一歩を踏み出した。どうか彼と、幸せな誕生日と結婚式を迎えられますように。

それから、あまり時間がないため早々と式場を決め、急ぎ気味で準備を進めている。私たちの関係も徐々に進展中だ。

プライベートでは、〝柊一朗さん〟と名前で呼ぶようになった。さすがに式場まで来て〝社長〟と呼んでいたらおかしいもの。

しかも、彼はどこへ行くにも手を繋いでくれるのだ。名前で呼ぶのはだいぶ慣れてきても、触れ合うのはいまだにドキドキしてしまう。ただ、そうしているうちに柊一朗さんと一緒にいることが、いい意味で普通になってきている。

さらに、私は遠慮したのだけど、婚約指輪もプレゼントされてしまった。星をモチーフにしたダイヤが控えめについた、普段使いできるデザインのものだ。休日だけでもそれをつけていると、彼と結婚するのだという意気込みが湧いてくる。

恋愛感情よりも先に結婚を意識しているって、なんだかおかしい。でも、きらびやかで豪華な、女の夢と憧れが詰まった式場に行ったり、指輪を渡されたりして、感化されないほうがおかしいだろう。

職場の人たちへの報告は、招待状を送る頃にする予定だ。その前に、お互いの両親への挨拶をしなければならない。

つい先日、さっそく柊一朗さんのご両親にお会いした。柊一朗さんがなにげなく私との話をしたら、『すぐに連れてこい！』と言われたそうで、私は緊張しまくりながらご両親が住む豪邸にお邪魔することになったのだ。

柊一朗さんには既婚のお兄さんがいると聞いていたが、だいぶ早くに結婚したらしく、ご両親は次男である柊一朗さんの結婚も今か今かと待っていたという。『また孫の顔が見られる』と大喜びで、こんなに盛り上がられてしまうと、もはや婚約破棄なんて選択はできない……と、内心苦笑いしてしまったことは秘密だ。

しかし、私が入社した当時の社長だったお父様と、明るく朗らかなお母様は、快く私を迎えてくれようとしている。とても気さくで夫婦仲がよさそうなご両親を見ていると、ふたりとなら家族になっても楽しそうだな、と素直に思えた。

そしてお盆休み中の今日、今度は私の親に挨拶をするため、母が好きなチーズケーキを手土産に、高速道路を使って車で二時間ほどかかる田舎町に向かっている。

私は小学生の頃は地方に住んでいて、父の転勤で東京に引っ越した。しかし、父と母は夫婦関係がうまくいかなくなり、私が十八歳のときに離婚が成立した。離婚を機に、母は当時まだ健在だった私の祖母が心配だからと実家に戻ったのだ。私は東京の大学に進学することが決まっていたため、一人暮らしを始めて今に至る。愛車を運転中の彼は、柊一朗さんにも、片親だということはもちろん話してある。

それを懸念しているらしい。

「母ひとり子ひとりの娘をもらうってのは、ちょっと心苦しいな」

「大丈夫ですよ。お母さんを気にしてばかりいたら、それこそ結婚できないですもん」

明るく笑うと、申し訳なさそうにしていた彼も口元を緩ませ、「そうか」と頷いた。

祖母が三年前に亡くなり、今はひとりで暮らしている母のことが気にならないと言ったら嘘になる。結婚できなかったら、母とふたりで暮らそうと考えたくらいだ。

どちらかというと、東京よりものんびりとした田舎のほうが好きだし。

しかし、私がいつまでも結婚しないことを、母は心配していた。柊一朗さんを会わせたいと電話で連絡したときもとても喜んでいたし、心から祝福してくれていることは間違いない。

別のことで親孝行しよう、と考えを巡らせているうちに、緑が多い町に着いた。遠くに青い山並みが見え、主要な駅周辺は比較的栄えているものの、そこから十五分ほど走れば、畑が多くのどかな雰囲気になる。

母が暮らす日本家屋もその中にある。到着すると、広々とした敷地内の庭に降り立ち、カラッとした太陽の日差しを浴びて伸びをした。

「相変わらず空気が美味しい～」

「いいところだな。時間の流れがゆっくりに感じる」

同じように伸びをして、心地よさそうな顔をする柊一朗さんに、なんだか嬉しくなって「はい！」と元気に答える。

「夜は星もいっぱい見えて綺麗なんですよ。山のほうの水辺に行けば蛍も見られるし。私の名前も、そういう自然の〝光〟から取ったみたいです」

「そうだったのか。君にぴったりで、すごく素敵だ」

無邪気に笑う私を見つめ、彼はとても魅力的な微笑みを浮かべてそう言った。

これまでぱっとしなかった私の人生、光はどこにあるのやらという感じだけれど、彼のひとことだけで救われる気がした。


玄関に入ると、母が満面の笑みで出迎えてくれた。私も会うのはゴールデンウィーク以来なので、彼を会わせる緊張よりも嬉しさと安堵感が大きい。

軽く挨拶をしてから居間に向かい、私が手伝いをする間もなく、母はすぐにお茶やスイカを持ってきてくれた。今か今かと待っていたことがにじみ出ていて、心が温かくなった。

「遠いところ、わざわざお越しいただいてありがとうございます。こっちは自然以外なにもないでしょう」

私たちの向かい側で冷たい麦茶を注ぎながら茶化す母に、柊一朗さんは優しい目をして首を横に振る。

「とんでもない。ひかりさんのご家族の思い出が詰まったこの場所があるだけで十分ですよ」

……この人の、こういう温かい言葉が自然にぽろっとこぼれるところ、好きだな。

くすぐったくて柔らかい気持ちを抱いているのは、きっと私だけじゃないだろう。母もとても嬉しそうに顔をほころばせて、「そうね」と同意していた。

そんな彼女は、皆がひと息ついた途端、興味津々という感じで身を乗り出してくる。

「ね、柊一朗さん、ひかりのどういうところが好きなの？」

「っ、いきなり⁉」

グラスに口をつけた瞬間にそんな質問をするから、私は危うく麦茶をこぼしそうになった。

そういえば、どうして私を好きになったのか、式の準備に気を取られてまだ聞いていなかった。私も気になるけど、今ここで聞くことになるとは。

わくわくしている母とあたふたする私を見て、柊一朗さんはおかしそうに笑ったあと、真面目な表情になって答える。

「名前の通り、僕を明るく照らしてくれるところ、ですかね」

予想外のひとことに、胸がトクンと波打った。目を見張り、話し出す彼を見つめる。

「以前から職場でひかりさんを見ていて、いつも笑顔で明るく、仕事にもひたむきに取り組んでいる姿が素敵だなと思っていました。それは内面も同じで。すれていなくて、相手のことを考える優しさを持っている。誰かを恨みたくなることがあっても、自分が反省することで抑えるという、感心する一面もある。彼女と一緒にいると、心が洗われて自分まで明るくなれる気がするんです」

恐れ多い言葉の数々だけれど、私の心は羽根が舞うようにふわっと軽くなった。柊一朗さんは、なんの魅力もないと思っていた私のよさを見つけてくれていたのだ。

〝誰かを恨みたくなること〟というのは、きっと智との一件だろう。私はただ愚痴っていただけだったのに、そんなふうに捉えてくれていたとは。

すべてが包み込まれるような温かさと感動を覚えていると、彼は無邪気な笑みを浮かべて続ける。

「ちなみに、〝あぁ、この子と結婚したい〟って漠然と思ったのは、風邪をひいていた僕に、ひかりさんが気を利かせてしょうが紅茶を淹れてくれたときです」

「っ、それで、ですか⁉」

結婚したいと思った理由が些細なことすぎて、私はつい茶々を入れてしまった。

あれは一年ほど前だろうか。確かに、朝から調子が悪そうだった柊一朗さんに、いつもの会議ではお茶かコーヒーを出すところをしょうが紅茶にしたことがあった。たまたま自分用に持っていたから出しただけだったのに、結婚したいって！　しかも一年も前から。

彼は驚く私にちらりと目線を向け、口角を上げて補足する。

「当時は彼氏がいると噂を聞いていたから身を引いていたのですが、手に入らないものほど欲しくなるのが人間の性《さが》と言いますか」

「えー……」

いろいろと衝撃的で唖然とする私をよそに、柊一朗さんはしみじみと「男って単純ですよねぇ」なんて言っている。そんな私たちを見守っていた母はぷっと吹き出し、おかしそうに笑い出した。

「柊一朗さんって、気取らない方なのね。敏腕社長さんだと伺っていたから、斜に構えた人だったらどうしようかと思ってたけど、あなたはすごく好感が持てるわ」

母も柊一朗さんを気に入ってくれたらしく、ひとしきり笑ったあと、姿勢を正して真剣な瞳で彼を見据える。

「娘を好きになってくれてありがとう。この子には親のことで辛い思いをさせてしまったから、どうか幸せにしてあげてください」

丁寧に頭を下げる母と、それに真摯に応える柊一朗さんを見て、私はなんとも言えない感動が込み上げていた。

結婚を決心したとはいえ、これまではどこか他人事みたいに感じていたことは否めない。でも今、私の幸せを本気で願ってくれる人と、それをまるごと受け入れようとしてくれる人を目の前にして、私自身が主人公であることをはっきりと自覚させられた。母も柊一朗さんも、幸せにするか悲しませるかは私次第なのだと実感し、背筋が伸びる思いだった。

そして、好きだとか、愛しているとかいう感情よりも先に、明確になった気持ちがある。

——私も、柊一朗さんと一緒に幸せな家庭を築きたい。

両家に挨拶を済ませてから、あっという間に二カ月が経った。

この間に、招待状を送ることもあり、私の上司である部長や、社長に近しい重役の方々にも報告をした。私の事務員仲間には、社内に広められたくはないので、確実に信頼できる同僚にだけ明かしてある。かなり驚かれたけれど、快く祝福してくれた。

式の準備の合間に時間があればデートを重ね、手を繋ぐことにも、柊一朗さんが暮らす高級マンションにお邪魔することにも慣れてきて、だいぶ恋人らしくなってきた……はず。

とはいえ、皐が言っていた身体の相性を確かめるような行為には、もちろん至っていない。アラサーカップルとは到底思えない、清いお付き合いを続けているのだ。

柊一朗さんは手を繋ぐ以上のことはしてこないし、夜は必ず家まで送ってくれる。彼は本当のところどんな心境なのだろう。私は、もういい大人だしどんなことになっても構わない、と内心大胆なことを思っているのだけど。

そうこうしているうちに、早くも式は一カ月後に迫ってきた。だいぶ肌寒くなってきた十月下旬の今日は、柊一朗さんと一緒にドレスショップでウェディングドレスの最終確認をしてきた。

もう何度も試着しているにもかかわらず、私がドレス姿になってフィッティングルームのカーテンを開けるたび、彼は『可愛すぎて直視できない……』などと言って悶絶するのだ。それを見ているスタッフの女性に、『愛されてますね～』と満面の笑みで言われるのが恥ずかしいから、ほどほどにしていただきたい。

確認を終えるとちょうど三時だったので、ドレスショップのそばにあるパティスリーでケーキを買い、柊一朗さんのマンションでひと息つくことにした。

コーヒーを淹れてケーキと共にリビングのテーブルに運び、ソファに座る柊一朗さんの隣に腰を下ろす。なにやら真剣にスマホを眺めているな、と思ったら、画面に映っていたのが私のドレス姿だったので、思わず吹き出してしまった。

「何回見たら気が済むんですか！」と、呆れた笑いをこぼしてツッコみながらも、身体を寄せて私も写真を覗き込む。これまでに何枚も撮られた、試着したときの姿を見返してみる。

ウェディングドレスは、レースのオフショルダーがおしゃれなAラインドレスとすでに決めているものの、どれも素敵で迷ってしまった。

「このドレスもよかったな。バックについてるお花が可愛くて」

「スレンダーなやつも似合ってたぞ。このふわふわしたやつもよかったし、これとこれも」

「全部じゃないですか」

とにかく甘い彼に失笑して顔を上げると、無意識のうちにかなり接近していたことに気づいてドキリとする。容易《たやす》くキスができる距離だ。

視線が絡み合い、目を逸らすことができない。一瞬目を見張った彼も、すっと男らしい表情に変わる。

そして、こちらに手が伸びてきて、耳にかかる髪をそっと掻き上げて頬に触れた。

「どれもお姫様みたいで、本当に綺麗だったよ。……早く、俺だけの姫にしたい」

とろけるくらいに甘く、ほんのり切ない声が、私の鼓膜と胸を震わせる。平凡な私をこんなに想ってくれる人に、ときめかないわけがない。

お互いの波長が合ったかのように、ふたりの顔が引き寄せられていく。あぁ、ついに……と、痛いくらいに暴れる心臓を感じながら、ゆっくり瞳を閉じた。

彼だけのお姫様になることも、キスも、拒む気は微塵も起きない。それは、ただ結婚したいからとか、相性を確かめたいからではなく、きっと――。

優しく唇が触れた瞬間、全身に熱が広がっていく。少し離され、再び触れ合って。何度も交わる唇は、まだケーキも食べていないのに極甘だ。

触れるだけのキスじゃ物足りないとばかりに、艶めかしい舌が入り込んでくる。荒くなる吐息からお互いの高揚を感じ、肌が粟立つ。

なんか、すごい……キスだけで全身が痺れて力が入らなくなっていく。初めてだ、この感覚は。

「ん、ふ……しゅ、いちろ、さ……っ」

唇の角度を変えられる瞬間に泣きそうな声で名前を呼び、手は彼のシャツをぎゅっと掴んでいた。

キスで惚けているうちに身体が後ろに倒され、ソファに仰向けになる私に柊一朗さんが覆い被さる。首筋に噛みつくようなキスをされ、小さな悲鳴が漏れた。

身をよじる私を抱き締め、彼は余裕がなさそうな声で、吐息混じりに呟く。

「……こうやって止められなくなるから、今まで我慢してたのに」

柊一朗さん、我慢していたんだ。本心がわかると愛おしさが膨れ上がる。

そう、愛おしい。いつの間にかその感情が芽生えていたのだ。だから……。

「いいですよ、止めなくて」

私の口からは、自分でも驚くほど大胆なひとことがこぼれていた。

このまま溶け合って、あなたが与えてくれる愛を全身で受け止めたい。そして私も、あなたに同じものを返したい。

そう心が訴えている気がして、彼の背中に手を回して逞しい身体を抱き締めた。

……しかし、しばしじっとしていた彼は、ふいにむくりと上体を起こす。垂れ下がる前髪に隠され、下を向いた表情はよく見えない。

どうしたのだろう、と戸惑いつつ見つめていると、柊一朗さんは額に手を当てて深く息を吐き出した。そして、仰向けになったままの私の手を引いて起こし、今度は真綿で包むようにふわりと抱き締める。

「悪い、驚かせて。やっぱり、なし崩し的なのはよくないな」

「え……？」

「ちゃんと俺のことを好きにさせてから、君を抱きたいんだ」

耳元で言われた正直な言葉に、胸を打たれた。

この人は本当に真面目で、誠実なのだ。一時の快楽に負けることなく、私を心底大切にしてくれている、強い人。その気になってしまった自分が少し恥ずかしくなる。

肩をすくめていると、彼はスッと身体を離した。そして、優しさと情熱が入り混じった瞳で私を見つめてくる。

「無理して受け入れようとしなくていい。でも、心から俺を愛してほしい」

切実そうに言うと、彼は私の頭をポンと撫で、ソファから立ち上がった。そうしてリビングを出ていく彼を、もどかしさを抱いて見送る。

……私、決して無理はしていないし、ただ雰囲気に流されて身体を許そうとしたわけでもない。心が望んだからだ。〝この人が欲しい〟って。

人として憧れているだけだった彼に、どんどん男性として惹かれていっているのは事実だ。今のキスであんなに快感を得たのは、そこに上乗せされているからじゃないだろうか。彼を愛おしいと想う恋心が──。

まだ残っているキスの余韻や、胸の高鳴りを感じながら、私は芽生えた想いに向き合い始めていた。

あれから約一週間が経った。

柊一朗さんは自分に歯止めをかけるためなのか、マンションでふたりきりになることを避けているような気もする。

私は私で、恋心を確信したくて彼のことを常に考える毎日だ。時々、欲情したときのセクシーな顔や、触れられた感覚まで思い出して悶えていたりする。

そんな十一月初旬の今日、私は本社一階のショールームにいる。普段は三階のオフィスで事務作業をしているが、時々お客様へのお茶出しを頼まれることがあるのだ。

住宅設備のサンプルを見ながら打ち合わせができるショールームでは、個室の相談スペースでお客様とアドバイザーが話し合っている。そこにお茶を出して、受付の奥にある給湯室に戻ろうとしたとき、入り口のガラスのドアが開いた。

「いらっしゃいま――」

そちらを振り向いた瞬間、心臓がドクンと重い音を立てた。ひとりでやってきたその男性も、私を見て表情を強張らせている。

くせ毛のショートヘアも、涼しげな目鼻立ちも、モードな私服姿も変わっていない。付き合っていた頃と、なにも。

「ひかり……」

戸惑いを含んだ、すでに懐かしく感じる声が耳に届き、なにかの病気かと思うほど胸が苦しくなった。

どうして智が？　もう会いたくないと思っていたのに。

お互いに立ち尽くしていると、受付の女性社員が怪訝な目をしていることに気づき、私はひとまず受付へと促した。逃げるように奥へ下がり、ざわめく胸をなんとか落ち着かせてコーヒーを淹れる。

あの人は、ブラックに少しミルクを入れるのが好きだった。その情報はもう脳に染みついてしまっていて、砂糖はつけずミルクだけトレーに載せて相談スペースに向かった。

ガラス張りの個室には、まだアドバイザーは来ておらず、智だけが座っている。ひとつ深呼吸して、ドアを開けた。

中へ入ると同時に、私を見上げる彼に問いかける。

「なんでここに?」

「そりゃ、家を建てようと考えて」

気まずそうに歯切れ悪く答える元カレに、私は眉根を寄せる。

「そうじゃなくて、なんでわざわざ私がいるこのハウスメーカーを選んだのよ⁉」

「嫁に言われたんだよ、ここもチェックしてきてって」

〝嫁〟。その響きがチクリと胸に刺さる。

そうか、奥さんは私とのことを知らないのだった。大きな買い物であるマイホームだし、ここも含めていろいろなメーカーを調べるのは当然のことだ。

一応納得してテーブルにコーヒーを置くと、智はぎこちなく口角を上げる。

「元気そうで安心したよ」

「あなたに心配される義理はない」

「はは、そうだよな」

ツンとして返すと、彼は力なく笑った。

ちょっと態度がキツすぎるだろうか。あまりにもシュンとされるものだから、こちらが悪いような気がしてくる。

「……新婚生活はどう？」

刺々しい口調を控えて、なるべく穏やかに問いかけてみた。ピクリと反応した智は、すぐに答えずに固まっている。

微妙な沈黙が流れ、今のは不毛な質問だったことに気づく。元カノに幸せだとは言いづらいだろうし、私もそれを確かめたところでどうしようもない。

「って、幸せに決まってるよね。こうやってマイホームの相談に来るくらいだもん。野暮なこと聞いてごめん」

「……そうでもないよ」

自嘲気味の笑いをこぼし、さっさと出ようとドアに手をかけた瞬間、暗然とした声が投げかけられて、思わず動きを止めてしまった。

「ひかり、仕事が終わったら少しだけ話せないか？」

振り向けば、智はまるで捨てられた子犬みたいな目をしてこちらを見ている。

どうしたんだろう。新婚生活、うまくいってないのかな。

アドバイザーがこちらに向かってくるのが見え、早く返事をしなければと気持ちが急かされた私は、ためらいつつもひとまず「わかった」と答えていた。


そのあとすぐに智からメッセージが送られてきて、その日のお昼休憩に、本社近くのカフェで待ち合わせることにした。休憩中なら、一時間で話を切り上げることができるから。

最低な元カレの近況がどうだろうと関係ないのに、なぜ放っておくことができないのだろう。私ってこんなにお人好しだったっけ。

自分に呆れつつ、約束のカフェで落ち合った。別れてから約十カ月ぶりに向かい合って座る彼は、テーブルに目線を落として単刀直入に言う。

「あいつ、ほかの男と会ってるんだ」

「え？」

予想外の話に、私は眉根を寄せた。あのおしとやかで一途そうな彼女が浮気しているかもしれないだなんて、にわかには信じられない。

「思い過ごしじゃないの？　あの子はそんなことする子じゃ……」

「俺もそう思ってた。でも、証拠がいくつかあるんだよ」

苦虫を噛み潰したような、沈痛な面持ちの彼を見ていると、間違いではないのかもしれないと思えてくる。

気の利いた言葉をかけることもできず押し黙る私に、智はテーブルに額をつけるくらい深く頭を下げた。

「ごめん、ひかり。お前もこんな気持ちだったんだよな。本当に悪かった。……ちゃんと、謝りたくて」

だいぶ反省しているらしいことは、彼の様子や声から見て取れる。今さらそのことはどうでもいいので、「いいよ、もう」と、軽く笑ってみせた。

しかし、智は顔を上げようとせず、苦しそうに話し続ける。

「ひかりのこと、もっと大事にするべきだった。かけがえのない人だったってことに、今になって気づくなんて」

「……智」

「今日お前に会って、なおさら後悔してる。あのときの俺に誠実さがあれば、もしかしたら今頃は――」

「やめて」

あまりにも自分勝手なことを言い出すから、つい強めの声で遮ってしまった。

「たられればを言っても仕方ないじゃない。生涯のパートナーにあの子を選んだのは智なんだから、なにがあっても責任持って添い遂げなよ」

毅然と言い放つと、彼はようやく顔を上げた。覇気のないその表情を見つめ、私はしっかりと宣言する。

「私も結婚するの。私のことを、心底大切にしてくれる人と」

その瞬間、智は驚きの表情を浮かべた。きっと、私が結婚するというのは想像もしていなかっただろう。

「智と別れたから、あの人との幸せな今がある。だから、私は後悔なんかしてない。智も過去ばかり思うのはやめて。そんなにショックを受けるくらい、彼女が好きなんでしょう?」

真剣に諭すと、彼は自分の気持ちを確かめるように目を伏せた。

本当にどうしようもない男ね。奥さんを愛しているくせに、元カノに未練タラタラって、こんなにバカな人だとは思わなかったわ。『かけがえのない人だった』とか、『もしかしたら今頃は』なんて今さら言わないでよ。

……でも、なぜだか心の奥がざわざわする。もう一度やり直したいだとか、ましてやまだ智が好きだとかいう気持ちは一切ない。にもかかわらず、なぜこんなに動揺しているのだろう。

柊一朗さんのことが好きならば、心が乱されることもないはずなのに――。

智と会った日から、私の中で得体の知れない靄みたいなものが渦巻いている。

彼にはあのあとも厳しく叱咤しておいたから、もう私になにか言ってくることはないだろう。これで終わりでいいのだ。

ところが、ふとしたときに弱っている彼のことを思い出してしまう。私の頭の中に住む異性は柊一朗さんだけで十分なのに、無意識に別の人のことを考えている自分が嫌だ。

おかげで、大詰めとなった式の打ち合わせをしているときも、なんとなく柊一朗さんへの接し方がぎこちなくなってしまう。ここまできて、迷いたくないのに。

なんとかしなければと思っていた矢先、珍しく勤務中に社長室に呼ばれた。

本社十階のそこへ向かい、社長モードの凛々しい柊一朗さんとデスクを挟んで向き合うと、一枚の紙切れが差し出される。私は目を見張った。

「こ、婚姻届……!?」

茶色の文字で、しっかりとそう書かれている。しかも、〝夫になる人〟の欄はすべて記入済み。

「あと十日で〝いい夫婦の日〟になるからな。そろそろ書類も準備しておかないと」

長い足を組んでデスクチェアに座る彼は、業務連絡のような調子で言った。

そうか、もうあと十日なのか。確かに、不備があってはいけないし、前もって準備しなければ。

でも、私はまだ告白もしていないし、むしろ自分の気持ちに自信が持てなくなってしまっている。こんな状態でサインするのは、柊一朗さんに失礼ではないだろうか。

婚姻届を見下ろしたままためらっていると、彼が穏やかな口調で言う。

「一応記入しておくだけだ。勝手に出したりはしないから、安心して」

私を気遣ってくれていることがわかり、さらに申し訳なくなる。彼の言う通り、とりあえず記入するだけならいいだろうと思い、「わかりました」と答えてペンを取った。

緊張しながら丁寧にペンを走らせていると、柊一朗さんがおもむろに席を立つ。片面を書き終えてひとつ息をついたとき、背後から抱きすくめられた。

「ひかり」

耳元で名前を囁かれ、腕の力も強められて、身体が熱を帯びていく。プライベートでも密着することはあまりないのに、誰かが来ないとも限らないこの場所で抱き締めてくるなんて、一体どうしたのだろう。

「しゅ……社長？」

「タイムリミットは結婚式前夜。ギリギリまで、気持ちがどう転ぶかはわからない。それは承知しているから」

自分に言い聞かせるようなその言葉を聞いて、なんとなく彼の心情がわかった気がした。おそらく柊一朗さんは、私がまだ迷っていると悟って、不安を感じているのだ。

この人に悲しい思いをさせたくない。こうやって包まれているだけじゃなくて、包み込んであげたい。ふたりで一緒に幸せになりたい。

その想いは確かにあるのに、元カレが邪魔をして、柊一朗さんが好きだという自分の気持ちを信じきれない。どうしたら、この靄を晴らすことができるのだろう。

自己嫌悪や焦り、もどかしさで押し潰されそうになるのを堪えるように、私は胸の前に回された大きな手をぎゅっと握った。

それからというもの、私は靄を引きずったまま、式や披露宴の最終チェックに明け暮れていた。

挙式はついに二日後に迫っている。いくら婚姻届を出していないとはいえ、もう引き返すことなど到底できない状態だ。

結婚を決めたときからこうなることは予想していたし、実際、夫婦になる覚悟はできている。彼と結婚することに対して、不満はなにもない。ただ、好きだと確信してから式を挙げたいというだけなのだ。

タイムリミットとなる結婚式前夜、私は心から彼に好きだと言うことができるだろうか――。

今日も悩みながら昼食をとったあと、午後から対応を頼まれているショールームへと向かう。相談スペースの個室を眺めながら歩いていたそのとき、アドバイザーと話している男女を思わず二度見してしまった。

あれは智だ。しかも、今日は奥様が同伴している。まさか、ここに決めるつもり？

これ以上心を乱されたくないから、もう会いたくないのに……。

足を止めてしまっていると、智だけがこちらに気づいて振り向いた。私はとっさに顔を背けて早足で歩き出す。とにかく給湯室に逃げ込もうとしたものの、後方から足音が近づいてくる。

「ひかり……いや、御厨さん！」

呼び止められ、ギクリとする。一応社内だから気を遣ったらしいが、言い直しても遅い。そして追いかけてこないでほしい。

私はあたふたしつつ、周りに社員がいないかを確認して、ショールームの壁の陰に隠れた。同じく身を潜めた智に、小声で悪態をつく。

「なによ、早く戻って！」

「悪い、トイレに行くって言ってきたから、三分だけ」

手を合わせて謝る彼は、急ぎ気味に、しかし落ち着いて用件を話し出す。

「あのあと、ちゃんと嫁と話した。『ただの男友達だ』って言ってたよ」

「……そう」

「真実はどうかわからない。でも、もう探ったりはしないで、あいつを信じることにした」

意外なその言葉に、強張っていた私の表情と心がみるみる解《ほぐ》れていく。

……そっか、ちゃんと結論を出せたんだ。奥さんのこと、まるごと受け入れる覚悟ができたのね。

智の表情は至極真剣で、決心した力強さみたいなものを感じた。そんな彼の姿を見て、私の中にくすぶっていたものが綺麗に消えていく。

あぁ、今やっとわかった。靄の正体が。

智のことを吹っ切れていなかったわけじゃない。彼が幸せでないことが心配だっただけ。私はとっくにふたりを応援することができていたのに、まだ未練があるのかもしれないと勘違いしていただけなのだ。

智がきっちり奥さんと向き合えたことがわかって、本当によかったと思うから。

「……結婚生活を始めてからマイナスの部分が見えてくることって、結構あるんだろうね。でも、まだまだ始まったばっかりじゃない。マイナスがプラスに変わるくらいのいいところだって、これから絶対見つけられるから」

私は自然と笑顔になって、励ましの言葉を送っていた。

どうか幸せになってほしいと、別れて以来初めて心から願える。それができるようになったのは、間違いなく柊一朗さんがそばにいてくれたからだ。これまでにないほど寛大な愛を与えて、私の心を満たしてくれたから。

「きっと大丈夫。いい家族を作れるよ。あんたが誠実ならね」

「耳が痛いけどその通りだわ」

釘を刺すと、智は〝反省してます〟と言うように、肩をすくめて苦笑した。そして、口角を上げながらも表情を引き締める。

「本当に、今までありがとう。御厨さん」

真摯にお礼を言われ、心が一層軽くなった。

これで正真正銘、ちゃんと別れられた気がする。彼も私も、自分で選んだ幸せをその手で掴み取らなければ。


時刻は午後六時。私は合鍵を使って柊一朗さんのマンションにお邪魔し、彼の帰りを待っていた。明日の夜はふたりで過ごす予定で、今夜はこのあと職場の仲間が前祝いをしてくれるのだけど、その前にちゃんと告白しておこうと決めて。

昼間の出来事があってから、やっと自分の気持ちに自信が持てた。すると、どんどん愛情が溢れてきて、早く彼と一緒になりたいと心が逸る。どうして今まで迷っていたのか不思議なくらいだ。

現金なやつだな、と自分に呆れるも、婚姻届を提出する前に確信できて本当によかったと安堵している。

そわそわしながら待っていると、インターホンが鳴った。どうやら宅配便が届いたらしい。こういうときは自分の家だと思って対応してくれて構わないと言われているため、オートロックを解除した。

荷物を受け取ったあと、印鑑をリビングの棚に戻そうとして、引き出しに一緒に入っていた書類に気づく。

婚姻届だ。ここに保管していたんだと思いながら、そっと取り出してみる。

明日、私は皆が気を遣って休みにしてくれたのだけれど、柊一朗さんは仕事。早めに切り上げる予定だというので、帰ってきたら提出しに行けばいい。

そうしたら、私たちは夫婦になる。好きな人と、一緒になれるのだ。

ひとりなのをいいことに、しばしニヤけて婚姻届を眺めてから、大事に引き出しの中にしまう。そのとき、婚姻届の下になっていた用紙の文字が見え、目を疑った。

「じ、辞任届⁉」

思わず叫び、その用紙を手に取る。まじまじと眺めても、その三文字は変わらない。

嘘……柊一朗さん、社長を辞めるつもりなの？　そんなことはひとことも言っていなかったし、素振りもなかったのに。

唖然とする私の脳裏に、ふいに求婚されたときに彼が言った言葉が蘇ってくる。もしも直前で〝結婚できない〟となった場合はどうするのか、という話をしたときのことだ。

『そのときは俺が会社を去ればいいだけだ』

柊一朗さんは確かにそう言っていた。『ずっと前から新しく始めたいと思ってたことがあるんだよ。いずれはやるつもりだし、実行に移すいい機会になる』とも。

辞任届まで用意しているということは、彼はもうその気だということ。つまり、私との結婚は、破談に――？

「いやいやいや、まさかそんなことは……！」

ぶんぶんと首を振り、最悪の想像を振り払う。あの柊一朗さんが、自らたくさんの人に迷惑をかけるようなことをするとは思えない。

でも……私がなかなか煮え切らないから、愛想を尽かしてしまったということもありえる。

『タイムリミットは結婚式前夜。ギリギリまで、気持ちがどう転ぶかはわからない』

婚姻届に記入するときに言っていた、あの言葉。あれは、私にだけ当てはまるわけじゃない。柊一朗さんだってそうだ。

これまで私を愛してくれていても、直前で気持ちが変わることだってある。私を包んでくれる腕も、私のすべてを見つめてくれる瞳も、愛を囁いてくれる唇も、全部失ってしまうのかもしれない。

信じたい気持ちと不安がせめぎ合い、いてもたってもいられなくなる。

彼が帰ってきたらはっきりさせようと決心したものの、数分後に〝今夜は遅くなりそうだ〟というお詫びつきのメッセージが届いた。もうすぐ会が始まる時間になってしまうし、話すのは明日にして今日のところは帰ろう。

大きなため息を漏らし、どんよりとした気分でマンションをあとにした。このあとの会では、明るくいつも通りに振る舞うことを心に誓って。


翌日の午前中、私は結婚式前日とは思えないテンションで、式の最後の確認をしていた。昨晩の前祝いの会で、皐は『いよいよだね。明後日は幸せな顔見せてよ！』と温かい言葉をかけてくれたけれど、その約束はできかねる……。

すべての準備を整えてアパートで待っていると、夕方に柊一朗さんがタクシーに乗って迎えに来てくれた。これからディナーをいただくというので、それなりにドレスアップしてみたが、行き先は秘密にされている。

スーツ姿の彼はいつ見てもカッコいい。ただ、心なしか普段よりも笑顔が少なく元気がなさそうに見えて、それが私をさらに不安にさせる。

いつ例の件を切り出したらいいか悩んでいるうちに、タクシーは六本木へと向かっていた。ほどなくして到着した場所は、夜でも映える純白の外観が美しい高級レストラン。ヨーロッパの宮殿を彷彿とさせる壮麗さに、思わず感嘆の声を漏らした。

「すごい、貴族の洋館みたい……!」

車を降り、うっとりと建物を見上げて感動するも、それはつかの間だった。

「最後のデートは、思い出に残る場所にしたくて」

彼の口から出たその言葉で、上がりかけていたテンションは急降下した。

……やっぱり、あなたはもう私と一緒にいる気はないの? これからの未来にあなたがいないなら、こんな思い出はいらない。〝最後〟だなんて言わないで。

「……柊一朗さん!」

歩き始めた彼を、私は足を止めたまま呼び止めた。不思議そうに振り返る彼を、一直線に見つめる。

「私、柊一朗さんのことを好きになりました。真面目なところも、たくさん甘やかしてくれるところも、あったかい気持ちにさせてくれるところも全部好きで、気がついたら大好きになってて」

彼が目を見張る。たぶん、告白する私の瞳の縁から、ぽろぽろと涙がこぼれ落ちていたから。

「これからもっとデートして、たくさん笑い合って、ケンカは……あまりしたくないけど、とにかくいろんなことをしたい。あなたと、ずっと一緒に生きていきたいんです。だから……私と結婚してください」

まばらな人目は気にせず、心から湧き上がってくる想いをそのまま口にしていた。泣いているせいで、震えてみっともない声で。

お願い。どうか、届いて。

「……ダメだ」

若干戸惑った様子で目を逸らす柊一朗さんは、顔を隠すようにして額に手を当て、ぽつりとこぼした。

心臓が冷たく凍って、ひと突きされたら粉々に砕け散りそうだ。智に別れを告げられたときより、何倍も辛い。その分、彼のことを愛しているのだと、こんなときにはっきり自覚した。

しかし次の瞬間、彼が前髪にくしゃっと手を差し込み、ほんのり赤く染まった顔が露わになる。

「ひかり！　ダメだろう、俺のセリフを先取りしたら」

「……え？」

「ずっと願ってはいたが、本当に君からそんな言葉が聞けるとは……幸せすぎて倒れそうだ」

「ええ？」

頭を抱えて歓喜している柊一朗さんを目に映し、私の頭は軽くパニック状態に陥る。

あれ、今、フラれたんじゃなかった？

頬を濡らしたままおかしな顔をして固まる私に、彼があっという間に距離を詰める。

腕を引かれてぎゅうっと強く抱き締められ、「ひゃぁ！」と小さく叫んだ。

逞しい両腕で私を包み込む彼は、私の髪に顔を埋《うず》めるようにして話す。

「君は別れを選ぶかもしれないって、最近ずっと不安だった。もし今夜そうなったら、ラストチャンスに懸けて、もう一度プロポーズしようと決めてたんだよ。お互い独身最後のデートになることを祈ってね」

「う、嘘……」

〝最後のデート〟って、そっちの意味だったかー！

大きな勘違いをしていたことに気づき、魂が抜けそうになる。ものすっごく恥ずかしい！

穴に入る代わりに彼の胸に熱い顔を埋めるも、まだ聞きたいことがあったと思い出し、バッと顔を上げる。

「じゃあ、辞任届は⁉」

「辞任届？」

ポカンとして首を傾げる柊一朗さんに、昨日のことを説明した。彼はそれで思い当たったらしく、「あぁ」と声を漏らして笑う。

「あれは君に求婚する前に書いたものだよ。結婚の話がなければ、頃合いを見て辞めるつもりだったから」

「な、なんだ、よかった……絶対破談にされるんだと思いました」

とんだはやとちりをしてしまい、恥ずかしさと安堵がごちゃまぜになる。柊一朗さんはおかしそうに笑い、小さくなる私を目一杯抱き締める。

「ありがとう、俺を愛してくれて」

耳元で囁かれ、私は火照る顔がだらしなく緩むのを見られないよう、しっかりと抱きつきながら、「それは私のセリフです」と返した。

想いが通じ合った私たちは、最高に幸せな気分で極上のフレンチをいただいた。シャンデリアがきらめくメインダイニングを通り、らせん階段を上った先にあるラグジュアリーな個室でディナーだなんて、本当に貴族にでもなったかのようだ。

そこで聞いたのは、柊一朗さんが以前言っていた〝新しく始めたいこと〟の話。それは、〝アットホームな建築設計事務所を作ること〟だった。

地域密着型で、もっと低価格かつ質の高い家を建てられる会社を作りたいと、ずっと考えていたのだそう。今の会社よりも規模が小さい事務所を作るというのは意外だけれど、お客様目線の彼の考えはとても素敵だし、応援したいと思った。

ディナーのあとは、さっそく婚姻届を出しに行くついでに、六本木ヒルズのスカイデッキという屋上展望台に行ってみることにした。東京随一の夜景スポットだというのに、私は一度も行ったことがない。

エレベーターで五十二階へ上がり、冷たい夜風が髪をなびかせる屋上へ出ると、遮るもののない夜空と夜景が一面に広がっていた。東京タワーにスカイツリー、高層ビルの群れ……寒さも忘れるほどの絶景で、年甲斐もなくはしゃいでしまう。

「わぁ～めちゃくちゃ綺麗！」

「確かにすごい。ここは定期的に天体観測もやってるんだと」

感心した様子の柊一朗さんの言葉に空を見上げると、いくつか星がきらめいている。

「あ、肉眼でちょっと見えますね。でもやっぱり、星は田舎で見るのが一番かな」

本音を漏らすと、彼も「同感」と頷いて笑った。

ふたりで寄り添って手すりに腕をかけ、窓越しに見るよりも近くに感じる夜景を堪能する。しばらくして、柊一朗さんは思いを巡らせるように遠い目をして話し始めた。

「住宅展示場や、余計な宣伝は不要じゃないかっていう件、実は俺も何度も提案していたんだが、なかなか賛同を得られなくてね。諦めるしかないか……と思ってたときに、ひかりが俺と同じことを話しているのを偶然耳にしたんだ」

それを聞いてはっとする。彼が言っているのは、経営計画発表会のときの私の失言に違いない。やはり覚えていたのだ。

「『大事なお金は会社のためじゃなく、自分たちのために使ってほしい』という君の意見を聞いて、心が奮い立つ感覚を覚えた。同じ考えの人がいるってだけで勇気づけられて、今の会社でダメなら新しく作ってやるか、と奮起したわけだ。ついでに、君のことを意識し始めたきっかけでもある」

「そう、だったんですか……⁉」

信じられない。失言だと思っていたあの発言が、柊一朗さんの心証を悪くするどころか、起業する決心をさせるまでの影響を与えていて、しかも私を意識するきっかけになっていただなんて。

驚きと同じくらい嬉しくて、トクトクと胸が鳴るのを感じていると、彼はこちらに手を伸ばしてきて私の左手を取り、薬指に嵌めたリングを見つめて微笑む。

「俺にとって君は最愛の人であり、希望の〝ひかり〟でもあるんだよ」

そのひとことが、以前の『僕を明るく照らしてくれる』という言葉とリンクする。

そして、彼が婚約指輪を星のモチーフにした意味がわかった気がした。

私は彼にとっての光。そう思うと、これまで恋愛においては見出せなかった自分の存在意義を確かなものにしてくれるようで、じんわりと涙が込み上げた。

愛する人に愛されて、必要とされたい。その想いが満たされていく。

温かい涙で視界を揺らす私に、柊一朗さんはこんなことを言う。

「将来、星を見ながら暮らそうか」

「え?」

「いつか、お義母《かあ》さんの実家の隣に俺たちの家を建てたいと思ってる。会社もその近くに置くつもりだ」

予想外の提案に、私は目を見開いた。

柊一朗さん、私がひとりにしたままの母を気にしていることを見抜いていたの?

しかも向こうに移住までしてくれるなんて、どれだけ思慮深い人なのだろう。

胸がいっぱいで、幸せな苦しさを覚えながら確認する。

「……いいんですか？　自然以外なにもないところですよ」

「君がいれば十分だ」

優しい笑みで当然のごとくそう口にした彼は、瞳を潤ませる私の頭に手を回し、後頭部をしっかりと支えた。そして、男らしく美しい顔に情熱を湛え、噛み締めるように言葉を紡ぐ。

「愛してる」

「私も……愛してます」

想いを確かめ合い、流れるように交わした口づけは、ひと足早いふたりだけの誓いのキス。屋上にいる人たちが皆、夜景に集中していてくれることを願い、甘美なぬくもりを分け合った。

唇を離すと、額がくっつくくらいの至近距離で、柊一朗さんが色気のある笑みを浮かべる。

「婚姻届を出したら、すぐ帰ろう。この間の続き、たっぷりしてやる」

セクシーな声色で囁かれるものだから、ソファに押し倒されたときの映像を脳が勝手に流し始めてしまい、ドキンと大きく心臓が跳ねた。

甘い予感に心の中ではのた打ち回りながら、「ほどほどにしてくださいね。明日は大事な日ですから」なんて、可愛くないことを言ってしまった。それでも彼は、きっと惜しみなく愛でてくれるのだろう。

区役所へと向かいながら、左手を開いて夜空に掲げてみる。

薬指に輝く宝石は、一等星のごときらめいている。最悪だったあの日には見えなかった星が、今ここにある。愛する彼のおかげで。

どんな暗闇の中でも、これから先もずっと私を照らし続けてくれる光を見つけた結婚式前夜——私たちの明るく幸せな未来は、まだ始まったばかり。

END

若菜モモ先生、西ナナヲ先生、滝井みらん先生、
pinori先生、葉月りゅう先生への
ファンレターのあて先

〒104-0031
東京都中央区京橋1-3-1
八重洲口大栄ビル7F
スターツ出版株式会社　書籍編集部　気付

若菜モモ先生　　西ナナヲ先生
滝井みらん先生　pinori先生
葉月りゅう先生

本書へのご意見をお聞かせください

お買い上げいただき、ありがとうございます。
今後の編集の参考にさせていただきますので、
アンケートにお答えいただければ幸いです。

下記URLまたはQRコードから
アンケートページへお入りください。
http://www.berrys-cafe.jp/static/etc/bb